Prends garde à toi si je t'aime

Du même auteur

Zidane, une vie secrète, Éditions Flammarion, 2008

Carla, une vie secrète, Éditions Flammarion, 2010

Besma Lahouri

Prends garde à toi si je t'aime

Les nouvelles liaisons dangereuses

Michel Lafon

118, avenue Achille-Peretti – CS 70024
92521 Neuilly-sur-Seine Cedex

www.michel-lafon.com

à F. G.

« On passe souvent de l'amour à l'ambition, mais on ne revient guère de l'ambition à l'amour. »

François de LA ROCHEFOUCAULD

Avant-propos

« … Si je t'aime, prends garde à toi. »

« Valérie Trierweiler ? Vous verrez, elle finira épouse de président de la République. » Cette boutade, signée Roger Thérond, l'ancien et emblématique patron de *Paris Match* à une journaliste qui se plaignait du caractère volcanique de la consœur, était prémonitoire. C'était en 1995.

Prémonitoire ? Enfin… presque.

Vingt ans plus tard, l'éphémère première dame a révélé au grand jour les relations névrotiques qu'entretiennent les hommes politiques avec certains journalistes. Beaux, belles, jeunes, journalistes… On leur trouve du talent, y compris celui de nous tenir en haleine. Leur particularité ? Ils ou elles ont été les amis, ou les compagnes parfois turbulentes d'hommes politiques puissants. Aujourd'hui, elles se nomment Valérie Trierweiler, Audrey Pulvar, et ont remplacé

Anne Fulda (ancienne compagne cachée de Nicolas Sarkozy), Anne Sinclair ou Christine Ockrent dans les conversations des dîners en ville. Tous pratiquent cet étonnant mélange des genres qui fait de la France une éternelle exception culturelle... pas toujours pour le meilleur. Pas une semaine, en effet, sans que les Français ne découvrent un nouvel épisode digne des « Feux de l'amour ». Les « Trierweiler » relèguent au rôle de malheureuses potiches les générations précédentes de « femmes de » qui cultivaient la discrétion au côté de leur mari ou de leur compagnon au faîte du pouvoir. Incrédules d'abord, ironiques ensuite, atterrés souvent, nos concitoyens assistent à cette comédie de boulevard qui serait sans importance et presque distrayante si notre pays ne traversait pas la crise la plus grave de son histoire récente. Au passage, l'image des journalistes en prend un coup. Combien de confrères nous ont avoué leur crainte et leur dépit : « Quelle horreur pour nous, ce mélange des genres ! Que vont penser les Français de notre métier ? » En mai 2012, pas moins de trois ministres vivaient avec des journalistes : Michel Sapin avec Valérie de Senneville journaliste aux *Échos*, Arnaud Montebourg, ministre du Redressement productif, avec Audrey Pulvar, Vincent Peillon, ministre de l'Éducation, avec Nathalie Bensahel, journaliste au *Nouvel Observateur*. Aucun des couples ne survivra à la conquête suprême du pouvoir.

Ancienne journaliste, épouse durant quelques années de Charles Hernu, cacique socialiste et ministre de la Défense de 1981 à 1985, Jacqueline Chabridon[1] résume la situation : « Ce qui liait François Mitterrand et son entourage était avant tout le goût des femmes. Pour avoir volé une petite amie au président, sans le savoir, Claude Estier, sénateur, ne sera jamais nommé ministre. La fonction première de l'homme politique est de séduire : les journalistes sont devenues leurs premières cibles. »

Pouvoir et médias : un mélange explosif qui pose de nombreuses questions sur l'indépendance des médias les plus puissants et de certains de leurs journalistes vedettes.

Trente ans plus tard, l'ancien directeur de l'information de TF1, Gérard Carreyrou[2], constate : « Aujourd'hui, pour un homme politique,

1. Entretien avec l'auteur.
2. Entretien avec l'auteur.

s'afficher avec une journaliste est devenu une affaire de standing. » Mais l'homme politique est cruel. Et de leurs histoires d'amour, leurs compagnes ne sortent jamais indemnes.

Enquête.

1

Hollande et ses femmes

Jusqu'au bout, elle a cru pouvoir le retenir. Rien n'a pu la convaincre que, cette fois-ci, c'était fini. Ni la publication des clichés immortalisant François Hollande se faufilant, casqué, dans une garçonnière de la rue du Cirque pour rejoindre la comédienne Julie Gayet. Ni le ton laconique utilisé durant la conférence de presse du 14 janvier pour parler d'elle d'une manière technique, ni la froideur, dépourvue d'affect, qu'il a employée face à la presse quelques jours plus tard pour donner de ses nouvelles : « Valérie Trierweiler se repose. » Son prénom suivi de son nom de famille : un véritable compte rendu d'audience... Jusqu'à cette déclaration à l'AFP le 25 janvier dans laquelle le chef de l'État annoncera mettre un terme « à sa vie commune » avec elle, Valérie Trierweiler a cru pouvoir le garder. Plus lucide, son ex-mari, le père de ses enfants, Denis Trierweiler, qui lui aura conservé son appui jusqu'au bout, et qui ne s'est jamais exprimé publiquement, nous glisse : « Hollande est un grand, grand maître de la stratégie de l'évitement… » Et quand on lui suggère que la presse est parfois atterrante, il nous répond du tac au tac : « Non, c'est le président qui est atterrant. »

*
* *

L'homme de l'Élysée est plutôt cassant et déterminé, ce jeudi 9 janvier, quelques heures avant la sortie du magazine *Closer*. Rompant avec sa réputation d'indécis et son aversion pour le conflit, il a, ce soir-là, tranché dans le vif, comme nous l'a rapporté l'un de ses conseillers. Informé de la sortie imminente des photos de l'hebdomadaire, il a chargé l'avocat Jean-Pierre Mignard, un de ses amis de longue date et parrain de ses enfants, de rédiger une déclaration commune actant leur séparation. Ce communiqué, il s'agit maintenant de le présenter à Valérie Trierweiler pour qu'elle le valide et que la rupture soit annoncée conjointement. Chacun y trouverait son compte, les apparences seraient sauves, la morale presque autant.

La pression psychologique sur la future ex-première dame, totalement isolée depuis quelques semaines au sein du palais de l'Élysée, est à son comble. Quelques mois plus tôt, ses bureaux ont été déménagés dans l'aile est de l'Élysée – surnommée « l'aile Madame » –, officiellement pour une louable raison : pouvoir y travailler sans être dérangée par les allées et venues du président et de sa cour. En réalité, elle a été mise à l'écart, et elle en souffre. Ses relations sont devenues exécrables avec les conseillers du président tels Claude Sérillon, chargé du service de presse de la présidence, ou Sylvie Hubac, directrice du cabinet de François Hollande et amie de longue date du président. Carla Bruni-Sarkozy elle-même l'avait alertée sur la difficulté de se faire une place parmi les conseillers du palais et le personnel nombreux qui gravite autour de lui. Valérie Trierweiler a pu mesurer, hélas, à quel point c'était vrai. Elle pensait être parvenue à prendre pied à l'Élysée grâce à sa détermination. En fait, son compagnon de président lui-même lui en avait offert la possibilité. C'est lui qui lui avait permis de s'installer à ses côtés, il lui avait facilité la tâche en l'imposant à son entourage alors que beaucoup se méfiaient déjà de son caractère impulsif. Puis il s'est ravisé…

La scène de rupture se passe dans les appartements privés de l'Élysée où même le couple présidentiel n'est jamais tout à fait seul. Des femmes de caractère, les murs du palais en ont connu bien d'autres au fil de leur histoire, à commencer par la marquise de Pompadour, favorite du roi Louis XV. Tombée en disgrâce parce qu'elle ne parvenait pas à satisfaire la sensualité du souverain, celle-ci lui présenta elle-même des créatures à son goût et sut s'attacher son amitié, au point qu'il lui offrit de s'installer à Paris, dans l'hôtel d'Évreux, depuis renommé Élysée. Autres temps, autres mœurs. En 2014, on ne répudie pas impunément celle qu'on a présentée comme « la femme de sa vie[1] ».

À l'aube, le vendredi matin, Valérie Trierweiler craqua. Et c'est presque dans l'indifférence qu'elle fut admise à l'hôpital public de la Salpêtrière, accompagnée de quelques gardes du corps et de Brigitte Taittinger, l'épouse de Jean-Pierre Jouyet, des amis de toujours de… François Hollande et Ségolène Royal. Un membre du personnel médical, qui revenait du CHU de Grenoble, confie : « Le dispositif pour protéger des médias

1. *Gala*, 12 octobre 2010.

Michael Schumacher était dix fois plus important… »

Ce soir-là, certains parmi les anciens du parti socialiste, du moins les mieux informés, ont peut-être fait un triste rapprochement avec le désespoir qui avait saisi Danielle Mitterrand, des décennies plus tôt, lorsqu'elle apprit la liaison de son mari avec la comédienne Danièle Delorme. Folle de douleur, elle se jeta sous les roues d'une voiture. Il y eut plus de frayeur que de mal. Mais le drame, resté secret, hanta longtemps la famille Mitterrand.

Valérie Trierweiler, elle, refuse de rendre les armes. Le 21 janvier, alors qu'elle est toujours hospitalisée à la Salpêtrière, elle se dit prête à participer au voyage officiel prévu le 11 février chez les Obama, rapporte RTL. Pourtant la première dame sait que son directeur de cabinet n'a pas été convié à la réunion préparatoire du voyage aux États-Unis et que, par conséquent, François Hollande a pris sa décision. Elle a beau faire fuiter dans la presse qu'elle veut bien pardonner l'infidélité, son compagnon a déjà tourné la page. Ces dix jours de folie, auxquels les Français assistent médusés, mettent fin à une rocambolesque histoire commencée dans le plus grand secret deux ans plus tôt.

« Oh ! Attention, monseigneur, à la jalousie ; c'est le monstre aux yeux verts qui tourmente la proie dont il se nourrit. »

William Shakespeare

Assez vite, ce fut une longue montée du mensonge et du soupçon. Début 2013, déjà, Valérie Trierweiler dormait de plus en plus souvent seule dans son appartement du XVe arrondissement ou à La Lanterne, villégiature réservée aux Premiers ministres jusqu'à ce que Nicolas Sarkozy décide de l'attribuer à l'usage du président. Elle connaissait le contenu de l'agenda de François Hollande. Elle savait lorsqu'il était en déplacement à l'étranger ou en province, lorsqu'il était retenu par une réunion tardive, elle savait également lorsque rien, a priori, ne l'empêchait de la rejoindre. Les rumeurs lui sont parvenues, à elle aussi. Dans son entourage, on a voulu la mettre en garde, qu'elle ne tombe pas des nues le jour où l'information, véridique ou non, serait divulguée. Du bout des lèvres, on a cité le nom de la comédienne, cette femme un peu plus jeune qu'elle, libre, indépendante, qui ne tarissait pas d'éloges sur le président durant la campagne électorale. Et puis les bruits sont devenus plus insistants.

Jusqu'au jour de mars 2013 où, incrédule, Jacqueline Chabridon, femme de communication influente, très respectée dans les milieux rocardiens, mit les pieds dans le plat. Restée proche du pouvoir et de François Hollande depuis son arrivée à l'Élysée, elle décida lors d'un dîner amical de lancer une ligne pour voir si cela allait mordre. Le fil fut coupé net ! Haussant les épaules avec désinvolture, devant sa compagne, le chef de l'État expliqua qu'il connaissait surtout le père de Julie Gayet, un chirurgien réputé, chef du service de pathologie digestive à l'institut Montsouris à Paris. « Comment, Jacqueline ? J'ai été vu avec l'actrice dans le quartier ? Rien d'étonnant à cela, la jeune femme possède une société de production rue du Faubourg-Saint-Honoré, à deux pas de l'Élysée. » François Hollande avait réponse à tout, et mentir ne l'a pas fait rougir. Ce soir-là, comme des années plus tôt face à Ségolène Royal évoquant sa liaison avec une journaliste de *Paris Match*, il ne s'est pas démonté. Mais dans l'esprit de Valérie Trierweiler, le doute s'est instillé. Pour tout dire, il avait toujours été là. Roselyne Bachelot[1], ancienne ministre de la Santé de Nicolas Sarkozy, aujourd'hui journaliste sur D8, sait de quoi elle parle. Elle nous reçoit chez elle, ce mois

1. Entretien avec l'auteur.

de septembre 2013, les pieds nus, vêtue d'un ample pantalon blanc et d'un élégant haut noir sans manches, et explique : « Quand on se lance en politique, on doit renoncer aux amours, aux amitiés. » Et de poursuivre en parlant de celle qui est encore première dame, sur un ton prophétique : « Elle a raison de ne pas le quitter d'une semelle et de le suivre dans ses déplacements officiels. »

Peu à peu, rétrospectivement, Valérie Trierweiler a mieux interprété les signes. N'avait-elle pas souvent croisé Julie Gayet, notamment le 22 octobre 2011 lors de la convention d'investiture à l'élection présidentielle à la halle Freyssinet ? La question était de savoir quand l'histoire de son compagnon avec cette femme avait vraiment commencé. Ce 22 octobre, déjà ? Sans doute pas. Mais quand ? Et si ce n'était pas sérieux, après tout ? Des rumeurs, elle en a entendu tellement depuis son arrivée à l'Élysée ! À croire que les mauvaises langues se font un plaisir de les colporter pour mieux la torturer. Amoureuse et orgueilleuse, soucieuse de montrer qu'elle n'apportait qu'un crédit relatif à tous ces vilains bruits et comme pour conjurer la rumeur, Valérie Trierweiler savait être parfois bravache. Ainsi en juillet 2012, lors d'un voyage au Burundi, elle lança d'une manière étrangement ironique à l'un des journalistes qui l'accompagnaient : « J'ai quand même le temps de le voir, on est complices. » Amoureuse, elle enquêtera auprès de quelques paparazzis pour savoir si des photos du couple ont été prises.

Plus tard, en mars 2013, elle réussit un joli coup en détachant son directeur de cabinet, Patrice Biancone, auprès de Julie Gayet pour la convaincre de porter plainte elle-même contre la rumeur qui la présentait comme sa rivale. Et, de fait, le 18 mars, l'actrice porte plainte auprès du parquet de Paris pour identifier les auteurs d'une rumeur diffusée sur Internet qui lui prête une liaison avec François Hollande. Une manière habile pour la journaliste de *Paris Match* de faire rétablir son honneur. Le 27 mars Valérie Trierweiler suit à France 2 son compagnon, invité de David Pujadas. Et là, sur le plateau, à quelques minutes du lancement du journal télévisé, elle embrasse le président de manière démonstrative devant les photographes. Une flèche décochée à sa concurrente supposée qui au même moment, ironie de l'histoire, accompagnait… Thomas Hollande à une soirée organisée par quelques amis. Tandis que tous les invités commentaient la prestation du chef de l'État, l'actrice soupirait à l'oreille d'un de ses voisins :

« Moi, dès qu'il s'agit de François, je ne suis plus objective. »

Un mois après, Sandrine Kiberlain, une proche de Julie Gayet, reçue à RTL pour parler de sa dernière comédie, glissait à l'antenne avec une fausse candeur : « C'est vrai que l'engagement fait peur. Il y a la flippe de la cinquantaine où on est installé, on a des acquis mais on se demande si on n'est pas passé à côté d'un rêve. » Sur le plateau, les rires fusent. L'auditeur n'y voit pas malice. Mais hors micro, l'actrice ne peut résister à parler de « l'aventure tellement excitante que vit une amie comédienne avec François Hollande ».

En quelques années, Valérie Trierweiler a accumulé un nombre incalculable d'ennemis dans l'entourage de son compagnon. Et ses alliés se comptent sur une main. Les gens mal intentionnés, eux, ne manquent pas. Par exemple Julien Dray. Chassé le 10 mai 2012 du QG de campagne de Hollande, humilié par la première dame, l'ancien patron de SOS Racisme exhibait dès septembre 2013, à toute occasion, des articles de presse comme celui de *La Montagne*, daté du mois de juillet : alors que Valérie Trierweiler est en vacances, seule, en Grèce, on y apprend que François Hollande, en visite privée en Corrèze, s'est rendu à Brive pour un festival, le 20 juillet, où se trouvait également... Julie Gayet au côté de Danièle Mazet-Delpeuch, ancienne cuisinière personnelle d'un autre président de la République, François Mitterrand.

Qu'y a-t-il de pire, pour une femme trompée, que des ricanements... publics ? Cette fois-ci, Valérie Trierweiler ne pouvait pas ignorer ceux de Stéphane Guillon, partenaire de sa rivale dans *Les Âmes de papier*, un long métrage qui sortirait le 25 décembre dans les salles françaises. En promotion sur le plateau du « Grand Journal » de Canal+, l'acteur et humoriste lâcha une allusion à la première dame de France : « Le président aime le film, sa femme beaucoup moins. » Celle-ci ne s'était pourtant jamais exprimée sur le sujet et, d'ailleurs, elle ne l'avait sans doute même pas encore vu !

Le 16 décembre, sur ce même plateau, on demanda à Julie Gayet : « Vous avez soutenu François Hollande à l'élection présidentielle, vous en êtes où aujourd'hui ? » Face à Antoine de Caunes, la jeune femme ne se renia pas. Au contraire, elle parla d'un homme « formidable ». En régie, nous confiera plus tard un membre de la production, quelqu'un glissa à l'oreillette du présentateur : « Demande à Guillon pourquoi il rigole ? » À l'évidence, l'humoriste indiscret en rajoute : il a décidé de créer le buzz et Julie Gayet est prise au piège. En attendant de régler ses comptes avec l'humoriste, l'actrice joue l'innocence : « Quoi Stéphane ? Oui, tu l'as tweeté, non ? Le président est venu sur le tournage… »

À peine l'émission terminée, en coulisses, la comédienne explose de colère contre Guillon et ses allusions indiscrètes. Il est vrai qu'un président de la République qui soutient le cinéma français de si près, on n'a jamais vu ça. Enfin plus depuis… Nicolas Sarkozy déboulant à 4 heures du matin, en août 2010, sur le tournage du film de Woody Allen, *Midnight in Paris*, dans lequel Carla Bruni tenait un petit rôle. À l'époque, nul besoin d'un Stéphane Guillon pour ébruiter l'affaire… Et comme pour enfoncer le clou, revoici l'humoriste, cinq jours plus tard sur la même chaîne, face à Thierry Ardisson : « Stéphane Guillon, qu'y a-t-il entre François Hollande et Julie Gayet ? » Réponse : « Si j'étais au courant de quelque chose, je n'aurais jamais plaisanté là-dessus. » Pourtant, il s'amuse de ce qu'il dément et amuse le public du plateau.

*
* *

La vérité est que « possessive, entière, Valérie avait raison de se méfier », confie l'un de ses proches. Car François Hollande a toujours nourri l'inquiétude et la jalousie de sa compagne. Une incertitude permanente, et une jalousie dont son tweet malheureux du 12 juin 2012, par lequel elle affirmait son soutien à l'adversaire de Ségolène Royal pour le siège de député rochelais, est un des symptômes, une façon de « tuer » sa rivale. Mais ce jour-là, Valérie Trierweiler en est consciente, elle a tourné le chef de l'État en ridicule. L'ancienne journaliste Jacqueline Chabridon[1], dont le cœur fut brisé par l'ancien président Jacques Chirac, reconnaît : « Sitôt élu, François Hollande m'avait chargée de deux missions : faire comprendre à Valérie Trierweiler qu'elle n'avait aucune raison d'être jalouse, et la convaincre de fermer son compte Twitter… en vain. » C'est là toute l'ambiguïté du président : déléguer la résolution de problèmes personnels, s'épargner les conflits, laisser pourrir les situations. Et ne jamais assumer complètement ses relations sentimentales. Illustration avec cette soirée d'anniversaire, des années auparavant, chez Brigitte Taittinger, l'épouse de Jean-Pierre

1. Elle fut journaliste à RTL, au *Figaro* et à RMC, puis a dirigé la communication du Crédit lyonnais de 1983 à 1988, et de nouveau en 1989 et 1990, après avoir été entre-temps conseiller technique à la communication auprès de Michel Rocard à Matignon.

Jouyet. Elle, ancienne patronne des parfums Annick Goutal et aujourd'hui la directrice de la stratégie et du développement de Sciences-Po, lui directeur général de la Caisse des dépôts et consignations et parrain des enfants Hollande. Alors qu'il était déjà très proche de la belle journaliste de *Match*, le futur chef de l'État affectait une certaine distance avec elle. « Il serrait les mains de tous, raconte un invité. Elle le suivait et souriait. Pas une fois, il n'a eu de geste affectueux à son égard ou ne l'a officiellement présentée comme sa compagne. » Quant à l'épouser un jour… Serge Raffy[1], journaliste au *Nouvel Observateur* et auteur d'une passionnante biographie de François Hollande[2], nous raconte : « Toute son enfance, il a rêvé de voir sa mère quitter son père, un homme dur, sec, qui rendait malheureux ses enfants et son épouse. À l'inverse d'un Lionel Jospin, dont la mère, une femme libre, dormait avec une valise prête sous le lit, au cas où… Le mariage pour Hollande est une prison. »

Le même journaliste précise : « En amour comme en politique, l'ancien secrétaire du PS

1. Entretien avec l'auteur.
2. *Le Président. François Hollande, itinéraire secret*, Éditions Fayard, 2012.

n'aime que les bonnes nouvelles. » Ainsi, quand Hollande découvre le tweet rageur envoyé par Valérie Trierweiler pour soutenir Olivier Falorni, il textote à Raffy : « Que veux-tu, je suis abonné aux chieuses ! » Et quand Raffy lui montre les e-mails d'insultes que Valérie lui a envoyés à la suite de son ouvrage, Hollande se marre et balaie d'un : « Il faut la rassurer. » Autant de témoignages qui résument le caractère du chef de l'État : un mélange de désinvolture, parfois de lâcheté, et une incapacité à affronter les problèmes qu'il a le don de créer. Thomas, son fils aîné, prévenait déjà en mai 2012 : « Mon père ne sait pas fermer les portes. » Ce que décrypte ainsi le psychanalyste Jean-Pierre Friedman[1] : « Louvoyer, Hollande le fait depuis son plus jeune âge : entre une mère militante de gauche et un père de droite dure, il a passé sa vie à concilier ces deux univers. » Sans affect, comme le décrit la journaliste Cécile Amar, auteure d'une biographie de François Hollande ? Fuyant, comme le disent ses proches ? Quoi qu'il en soit, le chef de l'État est un adepte des doubles vies.

Des années plus tôt, c'était Ségolène Royal qui en avait fait les frais. Dès 2005, elle avait eu vent

1. Entretien avec l'auteur.

d'une liaison avec la journaliste de l'hebdomadaire. Ni les cris, ni les larmes, ni les demandes de vérité n'auront d'effet sur Hollande. Ne rien avouer, ne rien expliquer, faire semblant. L'ancienne candidate à la présidentielle fera cette confidence à un ami : « Il est impossible de coincer François. Vous pouvez construire un enclos autour de lui pour l'obliger à vous parler, en fait il a déjà creusé un tunnel pour s'enfuir. »

La capacité de dissimulation du leader socialiste laisse pantois les journalistes qui pensaient pourtant bien le connaître. Ainsi, Matthieu Croissandeau[1], rédacteur en chef au *Parisien*, raconte : « À l'époque, une rumeur évoquait une histoire entre Valérie et Hollande. Pourtant, à la sortie d'un meeting, il a sorti son téléphone devant moi et a téléphoné à Ségolène. Il lui racontait sa soirée, ce qu'il avait mangé comme on le fait dans un couple ordinaire. Il ne laissait rien transparaître. »

Journaliste au *Figaro* où il a longtemps suivi la gauche, Nicolas Barotte[2] se souvient parfaitement de l'ambiance particulière qui régnait durant la campagne de 2007 : « On savait que c'était compliqué entre Royal et Hollande. Ils avaient de nombreux désaccords sur la ligne

1. Entretien avec l'auteur, Paris, 2013.
2. Entretien avec l'auteur.

politique à suivre, ils ne se voyaient pour ainsi dire jamais. On savait que son compagnon n'était pas très fidèle et qu'ils avaient des soucis d'ordre privé. Mais c'est tout. »

Un jour enfin, Ségolène Royal a découvert les textos que s'échangeaient, tels des adolescents, François Hollande et Valérie Trierweiler. Un proche de l'ex-candidate à l'élection présidentielle soupire : « Avec des amies, nous avons conseillé à Ségolène de fermer les yeux. Pour nous c'était une passade. » Mais l'ancienne candidate à l'élection présidentielle n'avait que faire de ces conseils d'un ancien temps. Sa solution ? Se trouver un allié. Qui d'autre que Denis Trierweiler, l'époux et père des enfants de sa rivale ? Séduisant, « rewriter » de talent à *Paris Match*, passionné de philosophie allemande, il a rencontré son épouse dans cet hebdomadaire en 1993. Entre les deux le coup de foudre fut immédiat : « Nous étions en train de boucler le journal, c'était un mardi, nous raconte un journaliste de l'hebdo. Elle est rentrée à la "maquette" et tout le monde a assisté à leurs échanges de regards. » Daniel Filipacchi[1], l'emblématique patron du groupe Hachette, ne tarit pas d'éloges sur Denis Trierweiler, « Un homme très cultivé et un excellent joueur d'échecs »…

1. Entretien avec l'auteur.

Ainsi, quand Ségolène Royal appelle Denis Trierweiler pour le prévenir de l'infidélité de son épouse, le choc est à la hauteur de l'amour qu'il porte à Valérie. Les deux conjoints délaissés tenteront de jouer aux apprentis espions mais l'époux craquera vite et avouera tout à sa femme. Alain Genestar, l'ancien patron de *Paris Match*, se souvient encore : « Un jour Denis est venu me voir pour me parler de l'histoire qui était en train de se nouer entre sa femme et François Hollande. J'ai pris la décision : elle ne pouvait plus suivre la gauche. » Contraint et forcé, François Hollande s'est alors séparé de la mère de ses quatre enfants.

En mai 2007, dans un livre intitulé *Les Coulisses d'une défaite*[1], Ségolène Royal annoncera cette rupture. Plus tard, dans « Vivement Dimanche », elle évoquera la souffrance d'avoir été « trompée » et le soulagement de se sentir « libérée ». « Oui, c'était dur. Hélas, des milliers d'hommes et de femmes connaissent cette souffrance que je ne souhaite à personne. » Et de poursuivre : « C'est vrai qu'être trompée, et quand ça dure pendant une période comme celle-là, c'est extrêmement difficile. »

1. De Christine Courcol et Thierry Masure, Éditions de l'Archipel.

En 2012, elle mettra en garde Valérie Trierweiler contre les... prochaines femmes.

Pourtant, la journaliste de *Paris Match* pensait bien connaître les codes et les mœurs du monde politique. Après tout, c'est un univers qu'elle fréquentait depuis plus de vingt ans. Mais le François Hollande qu'elle a connu intimement au plus creux de la vague, celui qui était surnommé « Monsieur 3 % », « Flamby » et autres sympathiques surnoms, s'est transformé durant la campagne électorale.

Celui dont le téléphone ne sonnait plus, l'homme qui lui faisait visiter les îles grecques à scooter, a commencé à lui appartenir de moins en moins. Les gestes d'affection en public, qui n'ont certes jamais été nombreux, deviennent encore plus rares. Du coup, leur entourage s'en souvient. Comme lors de la bataille électorale en mars 2012. Le candidat socialiste, escorté de Manuel Valls et de Bertrand Delanoë, faisait campagne dans un marché parisien, serrant les mains à la volée. Sa compagne semblait faire la tête et traînait des pieds. Un témoin de la scène nous raconte, étonné : « Il l'a soudain cherchée du regard. Elle boudait. Il l'a prise par la main. » Un geste fugitif, et si rare pour cet homme si pudique. Mais déjà la politique avait pris toute la place dans sa vie.

« Hollande est tout sauf un mou. Il n'est pas tendre, ni gentil », affirme Laurent Binet[1]. Professeur de lettres et écrivain, fils de militants communistes, il a suivi le candidat socialiste pendant sa campagne présidentielle en 2011 et jusqu'à l'élection en 2012[2]. Il a vu comme François Hollande était « pro à tout instant, toujours dans le contrôle, un boss sans états d'âme », tandis que Valérie Trierweiler se comportait comme « une égérie, une femme heureuse et amoureuse ». Sa réputation de femme dure ? « Elle savait qu'on lui prêtait le rôle de Macbeth », révèle l'écrivain. Quand je me suis retrouvé pour la première fois en tête à tête avec François Hollande, dans sa voiture, il s'est mis à lire *L'Équipe*, sans décrocher un mot. Moi j'étais pétrifié et Valérie ne disait rien. Elle n'osait pas le déranger. »

« La vie humaine se compose de deux parties : on tue le temps, le temps vous tue. »

Honoré de Balzac

1. Entretien avec l'auteur.
2. *Rien ne se passe comme prévu*, Éditions Grasset, 2012.

Valérie Trierweiler pensait avoir le cuir épais. Elle aura été broyée en moins de deux ans. Pourtant cette femme de caractère avait eu des débuts fulgurants. Une assurance folle. L'ancien directeur de l'information de TF1 Gérard Carreyrou[1] se souvient fort bien de ses premiers pas : « J'étais directeur de la rédaction de *Profession politique* quand je l'ai engagée en 1988. C'était une jeune Rastignac. Elle s'est portée volontaire pour couvrir l'Assemblée nationale. C'est là qu'elle s'est constitué un immense carnet d'adresses et a rencontré les hommes politiques. Sa beauté l'a beaucoup aidée. Elle était très souriante, très séductrice. Je n'ai pas le souvenir d'articles particulièrement marquants écrits par elle mais elle était très appréciée par certains de la rédaction et nombre de politiques étaient amoureux d'elle. »

Valérie Trierweiler, dont tous louaient la beauté, est le pur produit de la méritocratie française. Cinquième enfant d'un couple modeste – son père était un invalide de guerre et sa mère caissière à la patinoire municipale – elle a grandi dans une HLM à Angers. Après des études de droit, direction Paris puis la presse. Repérée par Roger Thérond, le charismatique directeur de la rédaction de *Paris Match*, elle est embauchée en

1. Entretien avec l'auteur.

1989. D'elle, nous l'avons vu, Roger Thérond dira d'ailleurs un jour à un journaliste qui se plaignait de son tempérament qu'elle finirait femme de chef d'État.

Ombrageuse, fière et volcanique. Ses confrères de *Paris Match* se rappellent encore ses colères dantesques : comme ce jour où elle refusa de déjeuner avec Martine Aubry car « elle estimait ne pas avoir été prévenue à temps ». D'autres, tels que Frédéric Gerschel[1], aujourd'hui grand reporter au service politique du *Parisien*, insistent sur ses bons côtés : « C'est une femme qui mérite d'être connue. Elle est extrêmement généreuse et fidèle en amitié. Elle a aidé de nombreuses personnes qui étaient en difficulté. »

La ténacité est aussi dans sa nature. À *Paris Match*, on en sait quelque chose. Élisabeth Chavelet[2], rédactrice en chef adjointe, souligne : « C'était une très belle femme et très jalousée. Valérie est très secrète. Mais c'est vrai, elle a beaucoup de tempérament. » Déjà compagne officielle de François Hollande quand celui-ci concourait pour l'investiture socialiste à la présidentielle, elle avait consenti à glisser du service politique vers un poste moins exposé, celui de chroniqueuse littéraire. « Journaliste un jour,

1. Entretien avec l'auteur.
2. Entretien avec l'auteur.

journaliste toujours », il lui a été très douloureux de devoir changer de rôle. Laurent Binet l'a ressenti tout au long des mois où il a suivi la campagne de François Hollande. « Elle était frustrée de ne pas pouvoir faire son métier. Ses confrères étaient très respectueux avec elle, et même intimidés parfois. La personne normale du couple, c'était elle. »

Au lendemain de l'élection présidentielle, la question de son maintien au sein de la rédaction s'est posée avec plus d'acuité. Comment le magazine allait-il pouvoir traiter de l'actualité de l'Élysée avec la présence de la première dame dans la place ? Comment allait-il pouvoir convaincre ses lecteurs de son impartialité ? Enfin, comment allait-il rendre compte des actions de la compagne du chef de l'État alors que cette dernière continuait de signer des articles dans ses pages ?

Dans les bureaux des rédacteurs en chef comme devant la machine à café, chacun s'est exprimé et l'avis qui l'emportait était le suivant : qu'elle s'écarte. Puisque sa vie était ailleurs désormais, qu'elle les laisse poursuivre la leur sereinement. Qu'elle les laisse faire leur métier sans être à la fois juge et partie. Peu soucieuse des états d'âme de ses collègues, elle a refusé. Elle s'est accrochée, arguant le maintien de son autonomie financière, le droit légitime d'une femme à exercer son métier, quelle que soit la position de son conjoint, et surtout lorsqu'on n'est pas mariée.

On ne vire pas facilement un salarié au statut si exceptionnel, on ne le force même pas à prendre un congé sans solde. Valérie Trierweiler est restée et la rédaction de *Paris Match* a appris à faire avec. Malgré les appels et les insultes au directeur de la rédaction Olivier Royant, à propos d'articles et de photos d'elle que publiait le journal sur… la première dame.

Quand retentit le scandale Gayet-Hollande, l'affaire devient délicate à traiter. En tout cas, pas question de consacrer la une du magazine à Valérie Trierweiler seule. Elle n'est pas aimée des Français, estime-t-on à la rédaction. Le magazine ne se vendrait pas, ou pas assez. Même humiliée publiquement par François Hollande, même hospitalisée en urgence, même au cœur d'un scandale qui tient la France en haleine, la compagne du président ne soulève pas l'émotion, à peine l'empathie. Trop hautaine dans l'allure comme dans l'élocution, elle semble parvenue dans un monde qui n'est pas le sien et dont elle ne maîtrise pas les codes. Bref, on découvre à cette occasion que sa propre rédaction ne la juge ni assez sympathique, ni assez populaire, et qu'importe si elle œuvre avec ardeur auprès d'enfants défavorisés, elle ne le sera jamais.

Dans l'édition exceptionnelle de *Match* qui paraît ce 14 janvier 2014, c'est donc le président qui figure au premier plan. Il se tient debout sur le perron de l'Élysée, le buste fier, presque au garde-à-vous. Lèvres pincées, il prend la pose pour les journalistes serrés sur le côté droit derrière un cordon, comme c'est l'usage. Sa compagne, il semble l'avoir oubliée un mètre derrière lui. C'est sur elle, pourtant, que l'auteur du cliché a fait la mise au point. Sur la robe vermillon, mais surtout sur son visage qu'on devine las, sur son regard perdu, au loin. La photo date de plusieurs mois, les bras nus de Valérie Trierweiler en témoignent : nous sommes en effet le 7 mai 2013, une belle journée de printemps pour recevoir un élu étranger, en l'occurrence Bronislaw Komorowski, le président polonais. Elle date d'un temps où la rumeur d'une liaison entre François Hollande et Julie Gayet alimentait les dîners du Tout-Paris, sans plus. Un temps où les Français, occupés par les usines qui ferment et le pouvoir d'achat qui dégringole, ne se doutaient de rien. Sur cette photo si cruelle – nous sommes plus de six mois avant la révélation du scandale par le magazine *Closer* –, Valérie Trierweiler espérait encore conserver sa place auprès de l'homme qu'elle aimait. Elle tenait son rôle de première dame et elle acceptait de paraître sur le perron, elle a enfilé une jolie robe et lâché ses cheveux. Même si elle n'y parvient déjà plus, elle tente de faire bonne figure.

Dans le numéro qui suit la révélation du scandale, le ton change. Elle est appelée par son hebdomadaire « notre consœur » et, en une, elle est désignée par son seul prénom. Un soutien discret. De convenance. Pas suffisant, a estimé la journaliste. Mécontente, elle a décroché son téléphone pour se plaindre.

Deux semaines plus tard, la rupture étant consommée, c'est le propre journal de Valérie qui est chargé de recueillir ses premières confidences. Valérie Trierweiler s'était engagée depuis des mois à se rendre en Inde au profit d'Action contre la faim. Dès sa sortie de l'hôpital, et en accord avec François Hollande, elle s'est envolée pour Bombay. Son déplacement de première dame le plus médiatisé alors qu'elle n'est plus première dame, justement… Elle annonce haut et fort qu'elle ne s'exprimera pas sur la rupture qu'elle vient d'encaisser. Elle l'a dit et répété : elle se place avec ce voyage au service d'une cause universelle, celle des millions d'enfants qui meurent de malnutrition dans le monde. Sauf qu'une fois encore, Valérie Trierweiler trépigne. La jeune journaliste de *Match* chargée de recueillir son témoignage sur place, en Inde, se fait houspiller. L'ex-compagne de François Hollande refuse une interview, trop banale, elle préfère un long papier sur son état d'âme, la dureté du monde politique, le tout saupoudré de quelques confidences comme cette allégorie du 11 septembre 2001 : « Quand j'ai su, j'ai cru tomber d'un gratte-ciel. » Las ! Cette déclaration fait pschitt et semble ne susciter aucune émotion dans l'opinion. Un membre important du parti socialiste est encore plus sévère. Selon lui, Valérie est la première responsable de ce drame : « Elle a raté son destin. C'est un personnage tragique qui a atteint à une vitesse supersonique le sommet de la notoriété et du pouvoir mais qui n'a pas été à la hauteur. Elle a toujours rêvé d'occuper la première place, et quand elle l'a décrochée, elle lui a échappé. »

Aurait-il pu en être autrement ? Valérie Trierweiler a été la seule première dame à avoir été catapultée sans préparation aucune à l'Élysée. Toutes celles qui l'ont précédée avaient eu, au fil des années, le temps et l'obligation de gérer une « maison » : sa logistique, ses réceptions, ses plans de table, son personnel, son protocole, ses intrigues… Bernadette Chirac le répète à l'envi : son métier, pas facile, elle l'a appris très tôt, et l'a perfectionné tout au long des ministères occupés par son mari, en passant par la mairie de Paris. Même Danielle Mitterrand, la rebelle, avait eu une longue expérience de femme de ministre avant de rejoindre le faubourg Saint-Honoré. Même Carla Bruni, totalement étrangère au monde politique, et sous ses airs bohème, maîtrisait parfaitement les codes sociaux du pouvoir : son enfance fastueuse dans un château d'Italie, le goût quasi aristocratique qui prévalait dans sa famille, son carnet d'adresses planétaire, son immense fortune personnelle, son aisance de mannequin… Face à de tels pedigrees, Valérie Trierweiler avait peu de chances de survivre. Nous sommes en France, avec le poids de ses traditions et de sa cour. Pas en Allemagne ni en Europe du Nord, où la simplicité est de mise. Pour espérer pouvoir s'imposer, la première dame aurait dû avoir l'appui sans faille de son compagnon. Précisément ce qu'il lui a refusé.

« Décidément, on n'aime bien que les femmes qu'on n'a pas eues. »

Émile Zola

« En ce mois de janvier, alors que l'affaire Gayet n'en finissait pas de produire ses déflagrations, François Hollande semblait, par un contraste saisissant, comme soulagé, libéré. Voire un brin amusé de démentir ainsi tous les sobriquets qu'on lui avait accolés. » Le député européen Yves Cochet[1] sourit : « Cette affaire me le rend plus sympathique. Celui qu'on décrivait comme trop normal, mou, sans idées, se révèle un personnage complexe. Ça met de la passion et de l'amour dans la vie politique. On est loin d'un Lionel Jospin, rude, rationnel. » Pas mécontent aussi d'avoir choisi, avec le personnage de Julie Gayet, le contraire de celui de Valérie Trierweiler.

« Au risque d'être cynique, décrypte un conseiller de l'Élysée, on peut noter que Julie Gayet est plus glamour que Valérie. Et plus "normale". » Tellement normale que peu de gens se souviennent de la ravissante tige blonde qui joua il y a dix-huit ans dans la comédie populaire *Delphine 1 – Yvan 0*. Quant à connaître toute sa filmographie… Lorsque le visage de Julie Gayet a surgi en une des magazines, ce fut donc une révélation. Des photos volées, d'abord. Puis des portraits soignés. La jeune femme y est à son avantage en tenue de soirée, ou simplement vêtue mais d'une façon si naturelle, souriante, le regard franc… Depuis quelques années déjà, elle a monté plusieurs sociétés de production afin de

1. Entretien avec l'auteur.

défendre le cinéma qu'elle aime, intelligent, innovant, voire engagé. Proches des auteurs et des réalisateurs, de ceux qui écrivent et font les œuvres, elle préfère un petit rôle conforme à ses valeurs plutôt que son nom en grands caractères dans un long métrage qu'elle ne cautionne pas. Ainsi est-elle partout décrite, sincère et sans concessions, divorcée depuis huit ans du père de ses deux fils, mais toujours en bons termes avec lui. Bref, une artiste, oui, mais sans excès. Ses amis confient qu'elle s'occupe de ses enfants, qu'elle attend que la tempête faiblisse avant de s'exprimer, qu'elle n'aspire qu'à mener sa vie « normale » de comédienne, de productrice, de femme.

La nouvelle compagne de François Hollande a aussi l'assurance tranquille et modeste de ceux qui ont toujours vécu dans un milieu aisé. Contrairement à Ségolène Royal et à Valérie Trierweiler, elle n'a aucune revanche à prendre. Son père est un grand chirurgien, sa mère une antiquaire réputée. Un ami de la famille se rappelle « l'appartement somptueux qu'ils occupaient face au prestigieux cercle de l'Union interalliée, à quelques dizaines de mètres de l'Élysée ».

Ses années de lycée s'achèvent sans heurts au très chic lycée Victor-Duruy, dans le VIIe arrondissement de la capitale. Une de ses camarades de classe, la journaliste Hélène Hadas Lebel[1], décrit une fille saine et sans histoires : « C'était une élève consciencieuse, discrète et enjouée à la fois. Elle était très créative et habile de ses mains. Un jour, elle m'avait confectionné une pochette, cousue à la machine, à base de coupures de presse plastifiées très originale. » Sur les photos de classe, on la reconnaît facilement : même sourire éclatant, les cheveux plus longs, blonds, et surtout un regard qui se détourne du photographe. Le visage penché sur la gauche, elle semble refuser de poser.

Toujours très proche de ses parents et de son frère Erwan, un architecte, Julie Gayet habite une très belle maison avec jardin dans le XIe arrondissement. Un loft de cent quatre-vingts mètres carrés au parquet en chêne, escalier en béton ciré et portes métalliques ouvrant sur un jardin intérieur. Une petite merveille de design. L'immense bibliothèque du salon souligne l'importance de la culture dans l'univers familial. C'est dans cette ambiance digne d'un magazine de décoration que Julie Gayet, ancienne épouse du cinéaste argentin Santiago

1. Entretien avec l'auteur.

Amigorena, père de ses deux enfants, puis compagne de l'humoriste Bruno Salomone – un des héros de la série « Fais pas ci, fais pas ça » – a toujours tenu salon ouvert : le chanteur Benjamin Biolay, l'ancien patron de Canal+ et futur président du festival de Cannes, la cinéaste Agnès Varda... Tous apprécient l'humour de leur hôtesse. Sauf lorsqu'il s'agit de politique. Viscéralement de gauche, Julie Gayet ne pouvait aimer qu'un président socialiste.

Passionnée, donc, mais discrète. Une qualité que beaucoup lui reconnaissent depuis toujours. En 2004, déjà, un journaliste avait proposé à la chaîne France 4 de réaliser un reportage sur la comédienne pour la série « Plus près des étoiles ». Des vedettes, tels Lambert Wilson et Irène Jacob, en avaient été précédemment les héros. Or, au bout d'une journée de tournage, l'équipe a renoncé. « Julie était très sympa mais sa vie était normale. Trop. Elle se cherchait un peu. »

Il y a deux ans, pas de chance ! C'est justement son côté « normal » et gentiment branché qui a conduit une grande marque de prêt-à-porter à penser à faire d'elle son égérie. Mais patatras ! La rumeur – déjà ! – de son éventuelle liaison avec le chef de l'État fut perçue comme trop risquée.

Quand a débuté sa relation avec François Hollande, Julie Gayet n'était pas totalement célibataire. Son cœur balançait. Quelqu'un dans sa bande d'amis se rappelle cet aveu fait un jour au restaurant : « J'hésite entre deux hommes. L'un des deux est très puissant et très drôle… » La comédienne a tranché. Ce fut donc François Hollande.

2

Vie privée : la méthode Sarkozy *versus* la méthode Hollande

La présence de Julie Gayet dans la vie du chef de l'État serait probablement restée longtemps inconnue du grand public si un fait majeur et entièrement nouveau sur la scène politique française ne s'était produit : François Hollande est un président qui ne fait pas peur. « Jamais ces photos n'auraient été publiées il y a un an, affirme le journaliste du *Figaro* Nicolas Barotte[1]. Mais l'hôte de l'Élysée est tellement décrié, tellement impopulaire, que les médias, dont *Closer*, se sont permis d'attaquer ainsi sa vie privée. » Inimaginable sous les quinquennats et septennats précédents. Au-delà du vaudeville, les clichés de l'homme casqué sur un scooter en route pour sa garçonnière éclairent à leur façon les drôles de relations que François Hollande

1. Entretien avec l'auteur.

entretient depuis toujours avec les médias. Et le contraste est saisissant avec son prédécesseur, Nicolas Sarkozy.

Malgré son élection à la fonction suprême, le leader socialiste est en effet resté conciliant voire complice avec les journalistes. « Il aurait été un excellent rédacteur en chef, tant il aime commenter les articles de presse et l'actualité », sourit une célèbre éditorialiste. Selon plusieurs de ses proches, « il aime trop les journalistes et ne s'en méfie pas assez ». Pendant des années, il a même alimenté les indiscrets du *Nouvel Observateur* ou les petites infos de la page 2 du *Canard enchaîné*. Comme il le confia un jour à Nicolas Barotte[1] : « L'important n'est pas l'article d'aujourd'hui, ce qui compte c'est celui du lendemain. » Ne jamais injurier l'avenir... Telle semble en effet être la ligne de conduite de François Hollande. Ce qui a souvent eu le don de déplaire à ses compagnes, d'un caractère souvent plus entier, voire plus belliqueux.

Illustration avec le livre *La Frondeuse*[2], sorti en octobre 2012. Écrit par les deux journalistes Christophe Jakubyszyn et Alix Bouilhaguet, il prêtait à Valérie Trierweiler une prétendue relation amoureuse avec l'ancien ministre sarkozyste

1. Entretien avec l'auteur.
2. Éditions du Moment

Patrick Devedjian[1], au début des années 2000. La colère de cette dernière fut grande et résonna pendant des jours dans les couloirs de l'Élysée. Elle y vit tout de suite un coup tordu, un de plus, de l'ancien locataire des lieux, Nicolas Sarkozy.

Par ailleurs un an plus tôt, selon *L'Express*, la journaliste aurait fait l'objet d'une enquête de police visant à établir « une notice biographique fouillée y compris sur son réseau professionnel ». La future première dame a alors porté plainte. Mais le dossier n'est pas allé loin. Selon nos informations, à l'époque, les consignes du parquet semblaient les suivantes : « Effectuer des recherches a minima et s'empresser de clore l'enquête. Sur les neuf cents fonctionnaires de la direction du renseignement de la Préfecture de police seul René Bailly, le patron, a été entendu par l'IGS », nous révèle un proche du dossier. C'est dire le peu de sérieux avec lequel l'ancien gouvernement a traité l'affaire. La plainte a été classée.

Cet épisode, comme celui de *La Frondeuse*, mit Valérie Trierweiler en fureur. Mais pas son

---

1. Elle poursuivit en justice les auteurs de l'ouvrage et la maison d'édition qui furent condamnés à lui verser solidairement 10 000 euros de dommages et intérêts pour atteinte à la vie privée. Le tribunal de grande instance débouta, en revanche, Patrick Devedjian qui avait attaqué en diffamation.

compagnon… François Hollande a toujours stupéfié son entourage par sa distance à l'égard des attaques. Il semble incapable de poursuivre quiconque de sa vindicte. Ainsi, la sortie de *La Frondeuse* n'a-t-elle pas compromis l'embauche d'un de ses deux auteurs, Christophe Jakubyszyn, au poste stratégique de rédacteur en chef adjoint des infos à TF1 : le 9 octobre 2012, il était propulsé à la direction du service politique de TF1-LCI. David Kessler[1], conseiller de communication à l'Élysée, confie : « Nonce Paolini, le P-DG de TF1, m'a téléphoné pour me dire qu'il était désolé et m'a certifié avoir appris le contenu du livre quelques jours après sa prise de fonction officielle. » Au demeurant, François Hollande n'a jamais demandé de comptes au patron de la chaîne et Nonce Paolini n'a été que très peu affecté par la sortie du livre, plaidant publiquement pour la liberté éditoriale de son journaliste. Preuve, une fois encore, que le locataire de l'Élysée n'entend pas dicter ses vérités aux rédactions. Et que, en cela aussi, il veut afficher sa différence avec son prédécesseur. Il sera dit que l'interventionnisme c'est Nicolas Sarkozy, pas lui.

Sylvain Courage[2], rédacteur en chef au *Nouvel Observateur*, qui a couvert la gauche pour son

1. Entretien avec l'auteur.
2. Entretien avec l'auteur.

hebdomadaire de 2011 à 2013, se souvient de son premier sujet consacré à… Ségolène Royal. Un article sur le probable ralliement de la candidate à François Hollande lors des primaires socialistes dans lequel il fait une référence à leurs enfants. Mais le journaliste ne réalise pas sur le coup à quel point cette enquête va contrarier Valérie Trierwieler et provoquer des tensions. « Quelques jours plus tard, raconte-t-il, je reçois un appel de Faouzi Lamdaoui, le fidèle homme à tout faire du candidat. Il me réclame un rectificatif en précisant que son patron n'acceptera plus de références à sa vie familiale. » Sylvain Courage finit par publier quelques lignes dans ce sens-là. Or, le jour de la sortie de l'hebdomadaire, il reçoit un coup de téléphone à 20 heures : « J'étais chez moi. Au bout du fil, un Hollande gêné : "Bonsoir Sylvain, voilà, il ne faut pas que l'on se fâche. Votre article n'était pas très agréable pour ma compagne…" » Brusquant sa nature, Hollande était intervenu pour faire plaisir à Valérie.

Celle-ci n'a pas eu les mêmes prévenances.

Ainsi, le soir de la victoire présidentielle, le 6 mai 2012, certains de ses propres collègues de *Paris Match* se sont vu interdire l'accès aux coulisses : ni interviews, ni petites phrases exclusives. Stupéfaction de l'un d'eux, quelques jours plus tard, en apprenant les raisons de cet ostracisme : « Valérie nous faisait payer le fait que notre directeur de la rédaction n'avait envoyé aucun SMS de félicitations à François Hollande. » Valérie Trierweiler venait d'inventer une nouvelle règle : un patron de presse est tenu de féliciter immédiatement la victoire d'un candidat. À l'affût du moindre manquement, de la moindre critique, la journaliste de *Paris Match* ne laissait rien passer, quand Hollande, lui, détestait le conflit. Bien que d'une discrétion extrême sur tout ce qui touche à sa vie privée, il n'a jamais voulu partir en guerre contre les médias, président de la République ou non. En 2007, le best-seller des deux journalistes du *Monde*, Raphaëlle Bacqué et Ariane Chemin, *La Femme fatale,* dévoila la mésentente du couple Royal-Hollande durant la campagne électorale de 2007 avec, en toile de fond, la liaison de l'ancien secrétaire du PS avec Valérie Trierweiler. Ségolène Royal a attaqué les deux auteurs en diffamation, en vain, et n'a jamais pardonné l'affront. Le futur chef de l'État, lui, s'est contenté de faire dire aux deux grandes plumes du quotidien qu'il ne s'associait pas à la plainte. Il n'abordera même jamais ce sujet avec elles…

Cinq ans plus tard, tandis qu'il était encore le sujet de plusieurs livres, François Hollande, devenu chef de l'État, fit preuve d'un flegme similaire. Auteur de *L'Ex*[1], paru en septembre 2012, une enquête sans concessions sur l'inimitié entre Ségolène Royal et Valérie Trierweiler, le journaliste Sylvain Courage nous raconte la réaction du président à son encontre. Il était dans le bureau du secrétaire général de l'Élysée, Pierre-René Lemas, pour une interview. Il eut alors la surprise de voir apparaître le chef de l'État. « Nous avons parlé économie et politique durant un quart d'heure, comme si de rien n'était. Mais en quittant le bureau, il m'a lancé une boutade faisant allusion à un passage précis de mon livre : « Vous savez, au meeting de Rennes[2], que certains regardaient comme un moment romantique… mon projet politique était clair. »

Il ne faut pas s'y tromper cependant. Derrière cette indifférence affectée à l'égard de ce qui s'écrit sur lui, François Hollande scrute tout, épie tout, commente tout. Il n'a plus le temps de lire ? Alors il demande à son fidèle ami Bernard

1. Éditions du Moment.

2. En avril 2012, le meeting de Rennes scelle d'une part le ralliement officiel de Ségolène Royal au candidat PS. Les journalistes noteront surtout la réconciliation publique des deux ex.

Poignant, maire de Quimper et son oreille pour nombre de sujets délicats, de lui rédiger des fiches sur les ouvrages qui parlaient de lui. Mais c'est pour se tenir au courant, pas pour saisir la justice.

« C'est vrai, reconnaît Marcelo Wesfreid[1], journaliste politique à *L'Express*, la presse est totalement libre sous Hollande. » Malgré les interventions intempestives dont Valérie Trierweiler était coutumière…

« Durant la promotion de mon livre, raconte Sylvain Courage, elle m'envoyait parfois des petits textos pour me reprocher certaines de mes remarques la concernant. » Colombe Pringle, la flamboyante ex-directrice de la rédaction de *Point de vue*, nous confie[2] : « En octobre 2012, Valérie Trierweiler nous a attaqués en justice pour une interview de Christophe Jakubyszyn qui évoquait une liaison entre elle et Patrick Devedjian. Il y a six mois, je me suis retrouvée assise à côté d'elle au défilé de Chanel. Elle m'a dit qu'elle était désolée pour le procès mais qu'elle n'avait pas eu le choix à l'époque. Elle m'a proposé de nous revoir pour *organiser un sujet*

1. Entretien avec l'auteur.
2. Entretien avec l'auteur.

ensemble. Le fait est que le lectorat de *Point de vue* n'a pas beaucoup de sympathie pour elle... À l'inverse de Carla Bruni-Sarkozy ou de Cécilia Attias. »

*
* *

Cette bonhomie de François Hollande à l'égard des médias contraste radicalement avec l'agressivité dont faisait preuve Nicolas Sarkozy. Celui-ci ne laissait rien passer. Il est d'un caractère sanguin. Capable de subordonner le rythme de l'État à ses impatiences et à ses colères. Face à l'étalage de son infortune conjugale à la une de *Paris Match*, le 25 août 2005, il rugira. Sur les photos, le bonheur de Cécilia Sarkozy et de Richard Attias, blottis amoureusement sous un porche new-yorkais. Le rival, à l'époque patron de la société de communication événementielle Publicis Events Worldwide, avait été en charge de l'organisation du congrès de l'UMP au Bourget, le 28 novembre 2004, où Nicolas Sarkozy fut porté à la présidence du parti. La réaction de celui qui était alors ministre de l'Intérieur fut violente, à la hauteur de son humiliation. Arnaud Lagardère commença donc par « conseiller » à Alain Genestar de veiller au respect de la vie privée des personnalités politiques. Celui-ci entendit bien la menace puisque, au début de l'automne, il refusa de publier de nouveaux clichés de Cécilia et de Richard Attias. À la fin novembre, pourtant, Lagardère franchit un nouveau pas vers le licenciement de son directeur de la rédaction. Interviewé sur i>Télé, il déclare qu'« il y a ceux que l'on vire, c'est la vie, c'est parfois nécessaire ». Il ajoute : « Ça ne veut pas dire qu'on est cruel, parce qu'en écartant un journaliste, on laisse la chance à un autre. » La rédaction s'émeut de ces menaces à peine voilées, elle dénonce « une intrusion insupportable du monde politique dans son travail », mais elle est impuissante à empêcher le départ de son directeur. Celui-ci a finalement lieu en juin 2006.

Quant à Pascal Rostain[1] – le même homme qui a participé à la photo scoop de François Mitterrand caressant l'épaule de sa fille Mazarine –, il a écopé d'un contrôle fiscal dont il ne peut affirmer avec certitude que ce fut une sanction (il ne s'agissait ni de sa première photo gênante ni de son premier contrôle). En revanche, ce qui est sûr, c'est que Nicolas Sarkozy l'a volontairement mis à l'écart par la suite : chaque fois qu'il a demandé une accréditation pour un meeting du candidat à l'Élysée, ce fut non.

1. Entretien avec l'auteur.

Aujourd'hui directeur de la rédaction du magazine *Polka,* Alain Genestar[1] est à la fois fier de son coup – neuf cent mille exemplaires de *Match* écoulés à l'époque contre sept cent mille de *Closer* pour l'affaire Gayet-Hollande – et légèrement amer : « C'était un scoop énorme. Si je n'avais pas publié les photos, un autre titre, anglo-saxon sans doute, l'aurait fait à notre place. Quand Rostain m'a apporté les clichés, on les a tous achetés et bloqués. On attendait le bon moment pour les sortir. Je n'ai prévenu Arnaud Lagardère qu'une fois le journal bouclé. Si c'était à refaire ? Je ne sais pas. » Et pour cause : l'éviction d'Alain Genestar n'a guère provoqué, à l'époque, de réactions solidaires. Qu'un ministre fasse virer un patron de presse quasi publiquement n'aura causé que peu de tumultes. La société des journalistes de *Paris Match* publiera un communiqué de presse, se déclarant scandalisée par l'éviction de Genestar, mais le cours des choses reprendra très vite.

Huit ans plus tard, changement total de décor et d'ambiance : Laurence Pieau, la directrice de la rédaction de *Closer*, qui a révélé les liens entre Julie Gayet et François Hollande, n'est en rien

1. Entretien avec l'auteur.

menacée par l'Élysée. Certes, la comédienne a attaqué son magazine pour atteinte à la vie privée et pour mise en danger de la vie d'autrui. Certes, quelques confrères critiquent ce choix rédactionnel. Mais, pour l'essentiel, la profession salue un bon coup. Colombe Pringle, qui a présidé aux destinées de *Point de vue-Images du monde*, l'affirme : « Bravo à Laurence Pieau, j'aurais adoré sortir ce scoop. Comme j'avais révélé à l'époque l'histoire d'amour naissante entre Nicolas Sarkozy et Carla Bruni. Il faut arrêter avec l'hypocrisie de la vie privée. »

Le photographe qui a saisi la scène des croissants apportés rue du Cirque se dit quant à lui « fier » de son reportage et sait qu'il ne court aucun risque.

« L'art de gouverner consiste à ne pas laisser vieillir les hommes dans leur poste. »

Napoléon Ier

Thierry Saussez[1], l'homme de communication qui a participé aux campagnes de Jacques Chirac, d'Alain Juppé ou d'Edouard Balladur, l'ancien conseiller de Nicolas Sarkozy, le président du

1. Entretien avec l'auteur.

Service d'information du gouvernement de 2008 à 2010, fait cette analyse : « François Hollande connaît bien l'univers de la presse. Mais cet homme est une énigme : je n'ai jamais vu un politique si bon techniquement et avec qui, pourtant, ça ne fonctionne pas. Les journalistes le respectent peu. » Et Nicolas Sarkozy ? « Il maîtrise parfaitement le monde des médias, répond Thierry Saussez. C'est le premier chef d'État en France qui a créé une sorte d'intimité avec eux. Il les appelait directement, les rappelait. Il a théorisé la communication médiatique à tous les étages. »

Avec un peu de recul, de nombreux reporters et rédacteurs en chef reconnaissent aujourd'hui que le fait d'avoir obtenu le limogeage du patron de *Match* a eu beaucoup d'influence sur le travail des rédactions. Clairement, à la grande différence de son successeur, Nicolas Sarkozy inspirait la crainte. Il savait utiliser les bonnes armes : pression sur la hiérarchie des journaux, nomination des patrons de France Télévisions et de Radio France, amitiés avec Martin Bouygues, Arnaud Lagardère et la famille Dassault, propriétaires chacun d'un empire dans les médias.

Au *Nouvel Observateur*, on se souvient encore de certaines de ses manœuvres d'intimidation.

À quelques jours du mariage de Nicolas Sarkozy et de Carla Bruni en février 2008, Airy Routier[1], alors rédacteur en chef, sort une bombe sur le site de son hebdomadaire. C'est le célèbre texto : « Si tu reviens, j'annule tout. » La supplique, qui aurait été envoyée une semaine avant la noce, serait signée Nicolas Sarkozy et s'adresserait à Cécilia, son ex-épouse. Ce message a-t-il vraiment été envoyé ? Le mystère n'est pas résolu. Mais sa publication a provoqué un véritable cataclysme. Fou de rage, le président porta plainte pour « faux, usage de faux et recel ». Une première dans l'histoire de la Ve République. Et l'occasion, pour une poignée de journalistes, de découvrir le vrai visage de Carla Bruni, mélange de séduction et de menace.

Le 21 février, Airy Routier était entendu, comme témoin assisté, par la police judiciaire, au commissariat de la rue du Château-des-Rentiers, dans le XIIIe arrondissement, à Paris. « C'était une histoire de fou, nous raconte-t-il à l'époque. Le *Nouvel Obs* avait été mis sur écoutes ainsi que le porte-parole de l'Élysée, suspecté d'être ma source. Celui-ci a nié m'avoir parlé au téléphone… il a eu tort. Les écoutes ont prouvé qu'il avait bien appelé le journal plus de quinze

1. Entretien avec l'auteur pour notre ouvrage, *Carla, une vie secrète*, publié aux Éditions Flammarion en 2010.

minutes. Ce texto était, en réalité, une réponse du président à un message de Cécilia qui lui disait : “Ne te marie pas, tu fais une connerie.” Mais qui a lu le procès-verbal de Cécilia ? Personne. Alors que le mien a été publié dans la presse. »

Nicolas Sarkozy ne s’arrête pas à ce genre de détail. Il menaça directement Claude Perdriel, le patron du groupe de presse, au téléphone : « Je me battrai contre *Le Nouvel Obs* ! », lui lança-t-il, hors de lui. L’avertissement fut pris au sérieux. On se souvient de sa promesse, en 2005, de pendre Dominique de Villepin, accusé d’avoir répandu des rumeurs infamantes sur son couple d’alors, « à un croc de boucher ».

Objet de la vindicte du couple présidentiel, le cofondateur et éditorialiste du *Nouvel Obs*, Jean Daniel, reçut à son tour des appels. Claude Perdriel finit par sortir le drapeau blanc dans les colonnes du *Monde* : « *L’Obs* a fait une erreur, car c’était un SMS d’ordre privé qui, à mon avis, n’a pas existé effectivement. En tout cas, pas à ce moment-là », écrit-il. Le journaliste Airy Routier dut se fendre d’une longue lettre d’excuses auprès de Carla Bruni. Quelques jours plus tard, la femme blessée lui téléphona et lui confia : « Je sais que vous ne nous voulez aucun mal, à Nicolas et à moi, que cet article n’était pas dirigé contre nous… C’est la Ciganer [*nom de famille de Cécilia*] et son mari, dont j'ai oublié le nom, qui vous ont intoxiqué. C'est assez minable de leur part. Ils font cela pour exister médiatiquement. Ils ont vécu sous les feux des médias grâce à Nicolas et ils veulent continuer. »

Bref jamais un texto, réel ou virtuel, n'aura autant fait parler de lui.

Thierry Saussez[1] confirme que l'Élysée a aggravé l'impétuosité du chef de l'UMP : « Il était de plus en plus souvent de mauvaise humeur. Comme tous ceux qui sont écrasés de responsabilités, il lui arrivait d'être dans le déni de la réalité quand celle-ci était trop sombre. Ses problèmes avec Cécilia l'ont profondément touché. À la fin de la campagne, il voulait tellement la récupérer… »

De fait, le divorce d'avec Cécilia, prononcé le 15 octobre 2007, a traumatisé le chef de l'État. Déprimé, il sera hospitalisé dans le plus grand secret à l'hôpital militaire du Val-de-Grâce. Selon la version officielle, il ne s'agit que d'un abcès à la gorge, très bénin somme toute. À son entourage, le président désigne la vraie coupable : « La presse, qui ne respecte rien. » Comme une résurgence de sa puissance passée, dix-huit

1. Entretien avec l'auteur.

mois après son départ de l'Élysée, Nicolas Sarkozy aurait même réussi à empêcher Cécilia Attias d'être invitée sur le plateau du JT de TF1 pour la promotion de son livre *Une envie de vérité*, publié en octobre 2013. Et pourtant Cécilia est une proche de Claire Chazal. Les deux amies avaient même déjeuné pour préparer l'interview. L'ex-première dame éphémère y verra, selon nos informations, la main de l'ancien président.

*
* *

Après les furieux assauts de Nicolas Sarkozy, les relations de François Hollande avec les médias ressemblent à une promenade de santé. Le nouveau chef de l'État répugne aux rapports de force et aux interventions brutales et directes. « Une fois élu, s'étonne Anne Rosencher[1], directrice adjointe de la rédaction à *Marianne*, il a gardé le même portable et répond à nos textos. » Ce roi de la synthèse, qui fut dix années durant le patron du parti socialiste, préfère mille fois les stratégies de contournement à l'assaut frontal. Chez lui, les éclats sont rarissimes. Une seule fois il a ouvertement sanctionné un média. Il s'agissait du *Figaro*, propriété de l'industriel Serge

1. Entretien avec l'auteur.

Dassault, proche de Nicolas Sarkozy. C'était en 2011 : pendant quelques semaines, le leader socialiste écarta le quotidien des médias accrédités pour le suivre. Une réplique à la publication, en juillet de cette même année, d'un photomontage. En pleine affaire DSK, on pouvait y voir François Hollande à côté de Tristane Banon avec ce titre : « Affaire Banon-DSK, François Hollande bientôt entendu. » Furieux, celui-ci avait alors dénoncé publiquement une « opération politique visant à mettre [*son*] nom dans la presse » et s'était dit prêt à poursuivre en justice quiconque tenterait de salir sa réputation. Pour autant, l'ancien secrétaire du PS n'a pas passé le moindre coup de fil à la rédaction en chef. Il n'a demandé aucune sanction, aucune tête, pas même un mot d'excuses. C'est Étienne Mougeotte en personne, à l'époque directeur de la rédaction du quotidien, qui s'excusera auprès du candidat socialiste pour cette mise en scène grossière. À un journaliste du *Figaro*, François Hollande confia un jour qu'il « n'attendait rien de ce journal mais qu'il trouvait intéressant et instructif de lire les arguments de la droite »...

Tandis que Nicolas Sarkozy trépigne, François Hollande semble ne jamais sortir de ses gonds. Ses rares colères sont de type glacial. Comme celle qui tomba en janvier 2012 sur Matthieu Croissandeau[1], rédacteur en chef au *Parisien*, qu'il connaissait pourtant de longue date. La campagne électorale était à son paroxysme, la lutte féroce et la tension à son comble. Alors que le candidat socialiste était annoncé perdant dans les sondages, il lui téléphona : « Il me reprochait avec insistance, et sur un ton particulièrement froid, un article publié le matin même dans lequel je racontais un récent déjeuner de presse. Il s'était laissé aller à décrire Sarkozy comme *un sale type* et j'avais repris ses paroles. Il a essayé de me convaincre que j'avais mal compris ses propos. » François Hollande avait naturellement en mémoire les dégâts causés par la petite phrase de Lionel Jospin dix ans plus tôt : « Jacques Chirac est un président vieux, usé, fatigué », avait-il dit en *off* à quelques journalistes. Le *off* n'avait pas été respecté, et la polémique fut considérable. Pour autant, dans son coup de téléphone au *Parisien*, nulle menace, nul coup de gueule.

Pour Matthieu Croissandeau, le chef de l'État est un véritable édredon. « Rien ne semble le toucher ni l'atteindre. C'est fascinant. » Un autre rédacteur en chef évoque même des relations de type sadomasochiste : « Parfois, il donne

1. Entretien avec l'auteur.

l'impression d'apprécier les critiques de certains d'entre nous. Sans jamais nous en tenir rigueur. »

Avec les femmes journalistes, entend-on fréquemment dans les salles de rédaction, « François Hollande est un séducteur mais il n'est pas un prédateur ». Extrêmement courtois, il n'est pas un de ces hommes politiques qui harcèlent ou textotent à toute heure du jour et de la nuit. Il s'adresse – presque – de la même façon à ses interlocuteurs masculins, féminins, débutants, vieux routiers... Il adore expliquer et convaincre, sans chercher l'affrontement.

Rédactrice en chef à *Paris Match*, Élisabeth Chavelet[1] analyse le monde politique avec distance et humour : « J'ai connu François Hollande sur les bancs de Sciences-Po. Et c'est vrai, je ne l'aurais jamais imaginé président de la République. C'est un homme bienveillant. À l'inverse d'un Nicolas Sarkozy, il n'est jamais dans le rapport de forces avec les journalistes. Nos relations sont très claires. » Résultat : l'époque de l'autocensure ou la crainte du coup de fil furieux à la rédaction en chef semble révolue.

L'ancien chef de l'État, par opposition à son successeur, savait alterner la dureté extrême et le sourire enjôleur. L'intimidation et la démonstration de charme : un alliage redoutable, le plus

---

1. Entretien avec l'auteur.

souvent efficace mais qui laissait parfois un goût amer aux journalistes, convaincus de s'être fait « balader ».

*

* *

Adepte de l'intimidation tous azimuts, mais pas que ça. L'ex-président donnait également dans l'opération de séduction quand la force ne suffisait plus…

« Mon Sarkozy, sourit son ancienne ministre de la Santé Roselyne Bachelot, pouvait être dans la séduction permanente avec la presse. » Il était donc inévitable que des journalistes brillantes, belles et élégantes, y succombent de temps à autre. Certes, il n'a jamais conduit de scooter ni porté de casque intégral, mais il a lui aussi vécu de vraies romances. Elles sont restées discrètes mais auraient pu, tout comme celles de François Hollande, faire la une des magazines people. Pendant sa crise conjugale, en 2005 et 2006, ses proches le voyaient beaucoup avec une femme raffinée au caractère affirmé qui signait dans *Le Figaro,* Anne Fulda. Dans le petit monde des élus et des journalistes parisiens, le secret était devenu de Polichinelle. « Un soir, raconte un animateur radio, nous étions plusieurs invités dans la loge d'honneur du stade Bernabéu de

Madrid. Nicolas Sarkozy devait assister au match de foot et on s'attendait bien sûr à le voir arriver accompagné de Cécilia. Surprise ! Une autre femme était à son bras. C'était Anne Fulda. »

Celle-ci a ensuite pris de la place dans la vie de celui qui était encore ministre de l'Intérieur. Au restaurant, en déplacement, dans les meetings, elle était là, à la fois de cœur avec le leader de la droite, et d'esprit avec ses confrères journalistes, assise parmi eux. Discrète, certes. Mais l'embarras des autres chroniqueurs politiques était palpable. Comment poser des questions un peu offensives au ministre de l'Intérieur, comment se comporter de manière naturelle alors qu'il était escorté d'une consœur ? Un soupçon de connivence et de partialité pesait forcément sur la journaliste, malgré ses qualités professionnelles unanimement reconnues, et sur le quotidien qui l'employait. Le rédacteur en chef d'un grand titre le confesse : « Cette histoire posait un vrai problème de déontologie mais nous n'avons pas osé l'aborder. » Le photographe Pascal Rostain, encore lui, a même surpris le couple faisant des achats chez Darty, place de la Madeleine, dans le VIIIe arrondissement parisien. Selon nos informations, un hebdomadaire lui a acheté ces photos pour soixante-dix mille euros… avant de les détruire, sous la pression de Pierre Charon, à l'époque conseiller officieux du futur candidat à la présidentielle, aujourd'hui sénateur de Paris. Alain Genestar lui-même confirme qu'il a eu les photos en main quand il dirigeait encore la rédaction de *Paris Match*, et qu'il a hésité puis renoncé à les sortir. Finalement, elles n'ont jamais été publiées. Pierre Charon a su dissuader les téméraires.

La pression exercée par le ministre de l'Intérieur était intense. Dès le mois d'octobre 2005, Nicolas Sarkozy assigna les journaux qui osaient évoquer, même de loin, la nouvelle femme de sa vie. Ainsi, *France-Soir* fut attaqué et condamné pour atteinte à la vie privée après avoir révélé le nom d'Anne Fulda et écrit que le président de l'UMP avait « tourné la page Cécilia ». Il faut dire que la journaliste du *Figaro* « était paniquée à l'idée de faire la une des magazines, raconte une consœur. À l'époque une rumeur de grossesse s'était propagée, comme aujourd'hui avec Julie Gayet. Elle craignait l'impact négatif sur ses enfants ». L'affaire Genestar avait créé un précédent. On craignait depuis la vindicte de Sarkozy. Puisque l'homme est puissant, et puisqu'il n'hésite pas à réclamer des têtes, à quoi bon risquer la sienne ? Pendant des mois, les journaux ont donc observé le silence.

Anne Fulda s'est dès lors mise en retrait des pages politiques du *Figaro* et engagea une procédure de divorce afin de clarifier sa situation personnelle. Au printemps 2006, elle présenta le ministre de l'Intérieur à sa mère, croyant à une relation destinée à durer. « Le plus terrible, confie un proche collaborateur de Nicolas Sarkozy, c'est qu'elle ignorait qu'il voulait récupérer Cécilia. Anne est partie en vacances avec lui à l'île Maurice, il lui a offert un bijou de chez Cartier. C'était un cadeau d'adieu. Il l'a quittée deux jours plus tard. »

Bon prince, Nicolas Sarkozy s'assurera qu'elle garde sa place au sein du *Figaro* et qu'elle continue d'exercer ses talents dans le domaine de la politique. Il fera même en sorte qu'elle obtienne une chronique avec sa photo. Des années plus tard, elle se plaindra auprès de Renaud Revel, qui le rapporte dans *Les Amazones de la République*[1] : « En restant dix-huit mois au côté de Nicolas Sarkozy, j'ai gagné un billet d'humeur dans les colonnes du *Figaro*, quand d'autres, qui l'ont fréquenté deux mois, ont hérité d'un JT ! »

Contrairement à François Hollande, Nicolas Sarkozy n'a jamais coupé les ponts brutalement avec les femmes qu'il a aimées. « Il est bien plus sentimental que son successeur. Il est dans

1. Éditions First, juin 2013.

l'affect. Jamais Sarkozy n'aurait traité sa compagne officielle comme l'a fait Hollande avec Valérie », confie un politique qui a côtoyé les deux chefs d'État.

Néanmoins, certains se sont demandé pourquoi Nicolas Sarkozy n'était pas revenu vers Anne Fulda, quelques mois plus tard, après son divorce. Une journaliste qui devient première dame, après tout, l'histoire nous en donnera un exemple… Isabelle Balkany nous confiait à l'époque : « Elle parlait beaucoup et ne pouvait s'empêcher de faire des analyses politiques à sa place. Ce n'est pas de cela dont il avait besoin. » En d'autres termes, ce qui manquait à Nicolas Sarkozy, ce n'étaient pas des conseillers, mais une épouse aux petits soins, comme l'avait été Cécilia. Cette Cécilia qu'il appelait vingt fois par jour pour lui dire : « Je pars de l'Élysée, je rentre en réunion, je sors de réunion, tu fais quoi, toi ? » Un jour, le chef de l'État aurait demandé à la journaliste du *Figaro* de lui préparer sa valise pour un voyage officiel. « Fais-le toi-même ! », lui aurait-elle lancé, avant de se voir répondre par un président bougonnant : « Cécilia le faisait bien, elle… »

En 2007, fraîchement divorcé de Cécilia, le président de la République est repris en main par sa garde rapprochée dont deux de ses conseillers,

Pierre Charon et Catherine Pégard, une ancienne du *Point*. Il faut le distraire de toute urgence, lui faire rencontrer de nouvelles têtes. On lui arrange des dîners en ville, on convie à sa table des artistes, comme l'actrice Carole Bouquet aperçue en sa compagnie chez Thiou, le restaurant thaï couru du Tout-Paris. Ou comme cette femme belle et intelligente, qui officie alors sur Canal+ où elle présente le talk-show politique « Dimanche+ » : Laurence Ferrari, elle aussi fraîchement divorcée, et qui a reçu le candidat en mars sur son plateau. Des rumeurs naissent aussitôt, elles sont relayées dans les rédactions, mais aucune photo ne vient accréditer la thèse d'une liaison entre le président et la journaliste, et rien ne sort dans la presse.

Le 24 novembre 2007 toutefois, l'enquêteur Peter Allen écrit dans le quotidien britannique le *Daily Mail* que Laurence Ferrari, « la plus belle présentatrice télé de France, a lié une relation amoureuse avec le président français ». Il ajoute qu'elle a été vue à ses côtés quelques semaines plus tôt dans les rues de Marrakech. Les membres de l'équipe de « Dimanche+ » demandent à leur consœur de s'expliquer en pleine réunion de rédaction : « Laurence, nous avons besoin de savoir si cette rumeur est vraie pour pouvoir travailler en toute sérénité. » La réponse de celle-ci ne permet pas d'alléger l'ambiance.

« Professionnellement, leur assure-t-elle, j'ai toujours été irréprochable. » Pour la rédaction, cette phrase a valeur d'aveu. Deux mois plus tard, Patrick Poivre d'Arvor est évincé du journal télévisé de TF1 au profit de Laurence Ferrari. Dans son livre *Une envie de vérité*[1], Cécilia Sarkozy, devenue Cécilia Attias, écrira six ans plus tard cette formule sibylline : « Certaines femmes ont divorcé pour l'épouser. »

Laurence Ferrari n'a pas donné suite à nos demandes répétées d'entretien. Mais en août 2013, elle a ouvertement démenti cette rumeur : « C'est un mythe récurrent. Les rumeurs font partie des côtés désagréables de la vie d'une personne publique. Mais cela ne m'atteint pas : j'ai appris à vivre avec[2]. » Et elle a poursuivi sa carrière en continuant à interroger Nicolas Sarkozy avec mordant chaque fois qu'elle l'a reçu. Ce dernier, d'ailleurs, ne s'est jamais privé de la remettre en place lorsque ses questions le déstabilisaient. Le 12 mars 2012, dans l'émission télévisée « Parole de candidat », sur TF1, elle lui a ainsi demandé si les allégations du fils du colonel Kadhafi étaient fondées – celui-ci avait déclaré que son père avait financé la campagne de Nicolas Sarkozy en 2007. « Une référence

1. Éditions Flammarion, 2013.
2. Citation extraite du magazine *TV Grandes Chaînes*.

morale, sans doute ? a ironisé le président sortant, le visage grave. Je suis désolé pour vous que vous soyez la porte-parole du fils de Kadhafi. Franchement, je vous ai connue dans un meilleur rôle. On est assez bas dans le débat politique. »

*
* *

Malgré leurs différences radicales de caractère, les deux présidents, l'actuel et le précédent, n'auront pu éviter à leurs psychodrames privés de déborder dans la sphère publique. Chez François Hollande, paradoxalement, c'est sa maîtrise de soi et sa culture du non-dit qui provoquent à chaque fois des dégâts et des réactions violentes chez ses amoureuses délaissées. « L'ancien compagnon de Ségolène Royal, analyse Jean-Pierre Friedman[1], est un conciliateur. À l'inverse du hussard Sarkozy, il se veut rassurant. Trop ou mal. Il semble oublier que le pouvoir, de tout temps, a toujours provoqué une immense attraction. Cet énarque est tout sauf "le Petit Chose" que l'on aimait tant décrire avant son élection, alors qu'il semblait avoir une relation normale avec Valérie Trierweiler. En 2005. Il était député, maire de Tulle, patron du

1. Entretien avec l'auteur.

parti socialiste, bref c'était l'un des hommes politiques les plus influents en France. D'ailleurs, ses rivaux essayaient tous à un moment de l'obliger à les rallier. »

De quoi déjà « séduire » celles qui sont éblouies par les lucioles des promesses du pouvoir, ignorant qu'une fois le pouvoir conquis, les spots ne seront pas braqués sur elles.

Quoi qu'il en soit, quand ses compagnes deviennent un handicap, François Hollande s'esquive et tourne le dos sans s'expliquer. Bruno Jeudy, rédacteur en chef politique au *Journal du dimanche*[1], ajoute d'ailleurs : « Même en politique, François Hollande a du mal à virer les hommes… et les femmes. »

En revanche, s'il y a un point sur lequel Nicolas Sarkozy le Hussard et François Hollande le Florentin se rejoignent, c'est dans leur difficulté, comme tous les grands fauves politiques, à gérer sereinement une relation sentimentale avec une journaliste. Il faut dire qu'en pareil cas, la situation de la détentrice d'une carte de presse n'est pas simple. Isabelle Juppé, ancienne plume du quotidien *La Croix* et épouse de l'ex-Premier ministre de Jacques Chirac depuis 1993, confie

1. Entretien avec l'auteur.

dans son livre[1] : « Un beau matin du mois d'avril 1993, je me suis réveillée amputée… d'un prénom. Le mien. Certes en me mariant j'avais gagné un nouveau patronyme et non des moindres puisqu'il s'agissait de celui du ministre des Affaires étrangères. Reste que, en interrompant mon activité professionnelle, j'avais perdu le reste de mon identité pour me fondre dans celle de mon "illustre époux". » Et de confesser plus loin : « Je suis frustrée de ne pas être, en même temps qu'épouse, journaliste. Mais j'ai fait un choix… »

« Le pouvoir est affaire de désir, il est plus fort que tout, résume Bruno Jeudy. On ne peut pas avoir d'autres passions, d'autres centres d'intérêt. » La star politique n'est pas partageuse. Ce pouvoir arraché avec tant d'énergie et après tant de sacrifices auprès de ses électeurs, l'élu ne veut pas en céder la moindre parcelle. Y compris avec une compagne. Surtout quand celle-ci le réclame comme un dû. Ainsi que le résume Michèle Cotta[2] : « Ce n'est pas par le chemin de l'amour qu'on arrive au pouvoir… et celles qui le pensent vont au-devant de grands chagrins. »

---

1. *À bicyclette : Et si vous épousiez un ministre ?*, Éditions Grasset, 1994.

2. Entretien avec l'auteur.

3

Audrey Pulvar : le prix d'une « bêtise[1] »

1. Citation d'Audrey Pulvar dans Le Grand 8, sur D8, le 4 février 2014. Reprenant à son compte la question de l'intervieweur, elle dit : « Si je devais me taper sur les doigts avec une règle, ce serait pour me punir de quelle bêtise ? », et elle ajouta aussitôt : « De tomber amoureuse des mauvaises personnes. »

16 avril 2013. Vêtue d'une veste Courrèges rouge vif, la jupe courte et les talons hauts, Audrey Pulvar arrive au Centre de formation des journalistes (CFJ), rue du Louvre, à Paris. Invitée par les élèves pour parler de la profession, elle ne peut s'empêcher d'envoyer quelques piques à l'encontre de son ancien compagnon Arnaud Montebourg : « Je suis tombée sur la mauvaise personne. » Elle égrène ses confidences devant cette jeune assemblée médusée. « C'est le seul ministre qui insulte le chef du gouvernement, on se demande ce qu'il fait là. » Trois heures de discussions, de justifications et de… sentiments. Non, elle n'a jamais cédé à la connivence, oui elle est tombée amoureuse et oui, comme le chante Barbara, la traversée du désert a parfois du bon.

Plus d'un an après la fin de son histoire avec Arnaud Montebourg, Audrey Pulvar n'a toujours pas retrouvé sur les écrans français la place d'interviewiewseuse politique à laquelle ses compétences lui permettent de prétendre. Cette place, la reprendra-t-elle un jour ? Autrement dit, a-t-elle commis une erreur impardonnable aux yeux de la profession ?

Flashback.

*

* *

Dimanche 9 octobre 2011, fin de soirée. Il règne une effervescence particulière au sein de la rédaction de France Inter. Les reporters sont éparpillés dans les QG des candidats de la primaire socialiste dont les résultats vont être annoncés d'un instant à l'autre. Et bientôt, comme tous les soirs de grande actualité, comme dans tous ces moments où la grille des programmes est bousculée par l'information, les journalistes se rassemblent devant les écrans de télévision et d'ordinateur. François Hollande et Martine Aubry, ils le savent, seront les grands gagnants de l'élection. Mais ils se demandent encore quel score réalisera Arnaud Montebourg à qui ils s'intéressent particulièrement, et pour cause : depuis plus d'un an déjà, le député PS de

Saône-et-Loire partage la vie de leur consœur Audrey Pulvar. Elle n'est pas là, bien sûr. Elle est avec lui, avec son compagnon. Même si elle affirme depuis toujours qu'elle peut être la « femme de » tout en demeurant une professionnelle impartiale, sa posture paraît de plus en plus artificielle. Beaucoup, à la rédaction, ne la croient pas sincère, ils dénoncent le conflit d'intérêts et ce soir, visiblement, elle a choisi son camp.

Dix-sept pour cent ! Arnaud Montebourg sera donc « le faiseur de roi ». En choisissant soit Hollande, soit Aubry, c'est lui qui désignera le candidat socialiste à l'élection présidentielle de 2012. Sauf que pour les journalistes de France Inter, le choc ne réside pas dans ce score imprévu. Le choc, c'est l'apparition, à la télévision, d'Audrey Pulvar. Une rose dans une main pour lui, un cocktail pour elle, la journaliste irradie de bonheur auprès de son compagnon. D'ailleurs c'est bien simple, on ne voit qu'elle. Elle n'a pas besoin de jouer des coudes pour assurer sa place dans le cadre, elle ne paraît ni intimidée par la foule ni gênée de se trouver face aux journalistes et commentateurs alors qu'elle pourrait figurer parmi eux. Quand le député fait son discours, elle se tient à sa gauche. Tandis que les caméras de toutes les chaînes de télévision filment, il ne cesse de chercher du regard sa compagne. « Elle est où, Audrey ? » demande-t-il dès qu'elle disparaît des écrans radar. Le malaise grandissant dans la rédaction de France Inter atteint alors son point culminant et gagne de nombreux autres médias français.

Dès le lendemain, l'enthousiasme d'Audrey Pulvar fait l'objet de commentaires partout dans la presse et sur les réseaux sociaux. La société des journalistes d'information se fend d'un communiqué : l'attitude de leur consœur « a heurté certains membres de la rédaction » qui « craignent une confusion nuisible à l'image de France Inter et à leur travail ». Une décision aux allures de sanction tombe à l'encontre d'Audrey Pulvar : elle est privée de sujets politiques « jusqu'à nouvel ordre ».

Absorbée par l'euphorie qui règne dans le camp de son compagnon, celle-ci ne réalise pas qu'elle vient de mettre un coup d'arrêt à sa carrière. Elle ne peut plus être considérée comme une observatrice et une analyste du monde politique. Elle en est désormais une actrice. En tout cas, tant que sa relation avec Arnaud Montebourg durera…

*
* *

C'est elle qui l'a remarqué la première. Alors journaliste sur i>Télé et France Inter, elle multipliait les interviews politiques mais elle ne l'avait encore jamais reçu, lui. Elle s'est arrangée pour le rencontrer autrement, par l'intermédiaire d'un ami, autour d'un bon dîner... L'idylle est née rapidement. En 2009, Arnaud Montebourg était un député socialiste qui ne manquait pas d'atouts sur le plan personnel. Il est jeune, pas mal fait de sa personne, il parle et se conduit bien, il bénéficie d'une position sociale très attractive. Un côté gendre idéal qui n'a pas échappé à la gent féminine, à commencer par Michèle Cotta[1] qui nous affirme d'un air espiègle : « Arnaud Montebourg est l'homme politique le plus beau de la place de Paris. » Audrey Pulvar partageait ce jugement. Elle qui connaissait si bien le monde politique ne pouvait rester indifférente à la personnalité originale du dirigeant socialiste.

Son caractère conquérant s'est forgé dès sa jeunesse en Martinique. Sa mère, Marlène Aus-

1. Entretien avec l'auteur.

pice, appartient à une grande famille de l'île. Elle est fonctionnaire à la Sécurité sociale. Son père, Marc Pulvar, enseigne les mathématiques, mais il est aussi et surtout « un syndicaliste pur et dur », selon Olivier Laouchez[1], touche-à-tout de talent qui a notamment lancé la chaîne Trace TV. « Il avait été mon prof au lycée. Il avait un charisme immense. Des années plus tard, quand j'ai rejoint la chaîne de télé locale ATV, il m'a passé un coup de fil pour me demander de prendre sa fille en stage. » Nous étions alors en 1994, Audrey venait d'étudier les sciences économiques pendant deux ans à Rouen et sortait diplômée d'une école de journalisme parisienne. Elle n'avait que vingt-deux ans et déjà l'intention d'aller loin.

De retour en Martinique, la jeune femme apprend le métier très vite. Reporter, elle fait du terrain, caméra à la main, et enquille les petits reportages commandés par la direction de la rédaction.

Audrey Pulvar souhaitait gagner ses galons et surtout faire de l'antenne. Olivier Laouchez lui donna sa chance. Elle prit aussitôt une habitude que tous ses collègues, dans tous les postes qu'elle occupera par la suite, remarqueront : elle ponctuait presque chaque reportage d'un com-

1. Entretien avec l'auteur.

mentaire personnel, parfois trop engagé. Ainsi en 1995, pendant les grandes grèves des banques qui paralysèrent la Martinique. Un journaliste se souvient : « Les salariés réclamaient des augmentations. À la fin du sujet, depuis le plateau, Audrey a balancé : “Les chômeurs apprécieront.” Quelques jours plus tard elle n'hésitera pas à couvrir l'événement en se rendant à la Maison des syndicats. Nous avons été pris à partie par les grévistes, furieux de sa remarque assassine balancée en plein JT. Mais elle a tenu tête. C'est une femme très courageuse. »

À sa manière, elle signifiait déjà qu'elle n'était pas une potiche et qu'elle en était fière. Consciente de son charme, elle savait convaincre son entourage professionnel. « Elle ne souriait pas beaucoup et sa beauté froide en faisait fantasmer plus d'un, se souvient Olivier Laouchez. Elle était plus proche du pouvoir que de ses collègues. Avec moi qui étais son rédacteur en chef, elle se montrait très persuasive et très sympa. »

Concurrente de la chaîne publique RFO, ATV lança une émission de débat et confia à Audrey la présentation du tout premier JT en langue créole. Le journaliste et producteur François

Fèvre[1], qui a travaillé à ses côtés de 1992 à 1995, aujourd'hui installé à Paris, garde un souvenir très précis de ce moment. « C'était le 15 février 1993. À l'époque il était interdit de parler cette langue sur les ondes. Elle a brisé un tabou. Quelques mois plus tard, nous avons reçu son père en plateau. J'ai demandé à Audrey si cela ne lui posait pas de problème déontologique de l'interviewer. Elle voulait le faire. Elle était devenue une star locale. »

Près des siens, mais loin des regards de la métropole, reconnue dans les rues de Fort-de-France mais inconnue des Parisiens, elle a affûté sa détermination à conquérir le monde grâce à son métier. En 1996, la chaîne ATV fut rachetée par l'homme d'affaires Jean-Max Elizé. Propriétaire d'un petit conglomérat qui comprenait toutes les salles de cinéma de la Martinique et de la Guadeloupe, la salle des congrès de la Martinique et plusieurs participations dans les médias, il était en mesure de décider qui devait occuper l'antenne et diriger la rédaction. Audrey Pulvar est alors promue rédactrice en chef adjointe. Témoin de cette époque, un autre reporter se souvient : « Trois mois seulement après l'arrivée des nouveaux actionnaires, elle est devenue rédactrice en chef de l'info. Puis

1. Entretien avec l'auteur.

Hubert Charveriat, le directeur général, a scindé la rédaction en deux : un service info, et un service magazine. Elle est devenue responsable des magazines, avant de récupérer les deux entités. Mais ce n'était pas encore assez… »

Directive, elle avait du mal à travailler en bonne harmonie avec son équipe. Des journalistes menaçaient régulièrement de faire grève. Elle ne s'est pas s'assouplie pour autant. « Je l'ai côtoyée pendant cinq ans, et je ne l'ai vue pleurer qu'une seule fois, raconte un témoin de cette époque. Elle était malheureuse parce qu'elle avait l'impression de stagner en présentant les journaux du week-end. » Audrey Pulvar était alors âgée de vingt-six ans. Plus désireuse que jamais de progresser, elle accepta les règles du jeu. « Les nouveaux actionnaires étaient de vrais hommes d'affaires. Fini la liberté des débuts de la chaîne. On est devenu institutionnel. Quand un annonceur appelait pour se plaindre, il obtenait toujours gain de cause. Cette situation ne gênait pas du tout Audrey. »

« Déterminée », selon l'avis de ses confrères, elle s'est approprié le journal par ses remarques, a continué d'éditorialiser son contenu, et donc de déplaire aux membres de la rédaction, mais elle n'avait pas besoin d'eux pour mener sa carrière. Elle bénéficiait du soutien des propriétaires de la chaîne et, en plus du journal, elle animait une émission produite par son compagnon, Max Monrose, le père de sa fille, flamboyant homme d'affaires qui roulait dans l'une des rares voitures de sport de l'île.

C'était alors une femme accomplie, mais elle se sentait à l'étroit en Martinique. Cela tombait bien, en 1998, elle rencontra sur un plateau Christian Mantei[1], le brillant directeur général d'Atout France, un organisme public chargé de faire la promotion de l'Hexagone à l'étranger. Le haut fonctionnaire était de passage à Fort-de-France pour une série de colloques. Intarissable dès qu'il s'agit d'évoquer les débuts d'Audrey, ce pur Corse se rappelle leur première rencontre : « J'ai été bluffé par son professionnalisme. Nous avions une interview à préparer par téléphone pour son émission télé et quand j'ai raccroché, je me suis dit : *Oh la vache ! C'est une vraie pro !* Quand je l'ai vue sur le plateau, je l'ai trouvée élégante et brillante. » De retour en France, il est resté en contact avec elle. « Au début c'était pour le boulot puis, au bout de quelques mois, j'ai été conquis. » C'est ainsi qu'en juin 2002, Audrey Pulvar quitta les Antilles pour s'installer à Paris. Christian Mantei l'attendait à Roissy. « Quand elle m'a annoncé

1. Entretien avec l'auteur.

sa venue en France, je suis allé la chercher à l'aéroport le plus normalement du monde. »

Star en Martinique, Audrey Pulvar repartait de zéro en métropole. « J'étais un de ses rares contacts ici », précise celui qui fut son compagnon deux années durant. Heureuse en amour, la journaliste a peiné, un temps, à trouver ses marques professionnellement. C'est Jean-Claude Dassier[1], alors patron de LCI, qui accepte de la tester sur la chaîne d'information continue. « Les effectifs étaient déjà pleins. Son nom m'avait été conseillé par une connaissance, alors je l'ai prise pour le JT du week-end. Mais elle ne rentrait pas dans le moule : trop d'improvisations. » Surtout, Audrey Pulvar a emporté dans ses valises cette manie des commentaires qui lui a déjà joué des tours sur ATV. Sur LCI, qui tire sa force du grand nombre de reporters sur le terrain, et où le rythme est très soutenu, la personnalisation de la présentation à coups de petites phrases passait encore moins bien. Audrey Pulvar cependant disposait d'un atout majeur : c'est une bosseuse. Alors la nuit, au petit matin, en semaine comme le week-end, elle acceptait toutes les piges qu'on lui proposait. Dès qu'une case se

1. Entretien avec l'auteur.

libérait à l'antenne, elle était volontaire, ponctuelle, préparée, et très au point sur les dossiers en cours dans l'actualité. Un de ses anciens collègues de TV5 Monde loue son courage : « Elle était pigiste à LCI le matin et venait à TV5 de 22 heures à 6 heures pour le flash d'info. C'était dur pour elle, alors qu'elle élevait sa fille seule. »

De l'énergie, elle en avait pourtant encore à revendre. « Elle rongeait son frein et ne souhaitait qu'une chose : être connue et reconnue. Quand j'ai commencé à bosser à France 3, d'ailleurs, elle m'a demandé mes bons plans », dit le même confrère. Audrey Pulvar alors ne s'accordait aucun droit à l'erreur, aucune faiblesse. Les sentiments pourraient-ils en être une ? « Elle est très secrète, affirme Christian Mantei. Je n'ai jamais rencontré sa famille. Et elle ne me parlait jamais de sa mère ou de ses sœurs. » Le couple s'est séparé après deux ans de vie commune, tout en restant amis, et un autre homme a pris place dans la vie d'Audrey, plus en vue dans la planète people : le chef étoilé de L'Arpège, Alain Passard. Situé à quelques encablures de l'Assemblée nationale, son restaurant gastronomique accueille le Tout-Paris de la politique et des médias.

La journaliste, pourtant, s'impatientait et fulminait : c'était parce qu'elle était noire, elle en était sûre, qu'elle ne progressait pas à LCI : avec son professionnalisme, si elle avait été blonde, elle aurait depuis longtemps été la vedette de la chaîne. Elle décida de retourner à son avantage ce qu'elle considérait comme un problème : de sa couleur, elle allait faire un atout. Pour cela, elle fit appel à un ami de son père susceptible de l'aider. Michel Reinette, originaire de Guadeloupe, a été le premier Noir à présenter le JT sur France 3, au Mans, en 1985, l'année même où Harlem Désir créait le mouvement contre le racisme « Touche pas à mon pote ». Un moment de triste anthologie que ce JT de 1985 : ce jour-là, sur le plateau, le rédacteur en chef crut utile d'accompagner Michel Reinette afin de prévenir les téléspectateurs que, certes noir, celui-ci avait néanmoins étudié les sciences politiques avec lui et qu'il possédait donc toutes les compétences nécessaires pour présenter les informations... Autant dire les mêmes compétences qu'un Blanc. Audrey Pulvar voulait devenir une Michel Reinette, en mieux : sur les chaînes nationales, elle voulait interviewer les leaders politiques du monde entier.

L'idée de contacter l'ami de son père fut à la fois bonne et opportune : France Télévisions s'interrogeait de plus en plus sur la place des

« minorités » sur ses antennes, et Michel Reinette[1] comptait parmi ses conseillers sur le sujet. « Pour être franc, explique celui-ci, je connaissais les critères officieux. Il fallait trouver une personne pas trop foncée de peau, mais pas trop claire non plus. En gros, café au lait. Une jolie femme, mais aussi une journaliste assez solide. Bref, il y avait le choix entre Audrey et Christine Kelly. » Audrey a su le convaincre de la mettre en avant, elle, plutôt que sa consœur guadeloupéenne. « Elle connaissait la politique, elle savait à quelle porte frapper. Elle venait me voir à la rédaction tous les jours. Elle n'a jamais lâché l'affaire. Et elle a fini par obtenir le job : d'abord à France 3 Marseille, puis à Paris. »

Après onze mois d'exil en Provence, Audrey est en effet revenue dans la capitale en septembre 2004, avec un rendez-vous quotidien très convoité : le « Soir 3 »... dont elle partageait la vedette avec Louis Laforge. Mais surtout, elle remplaçait Élise Lucet, que l'ensemble de la rédaction voyait partir avec une grande tristesse. Si la place sur le plateau lui était acquise, les cœurs ne s'ouvraient pas si facilement.

« Je n'ai pas choisi Audrey, je l'ai récupérée

1. Entretien avec l'auteur.

sans la vouloir », se souvient avec franchise Jean-Jacques Basier[1], rédacteur en chef du « Soir 3 ». Dans son bureau, suspendu sur un cintre, pend une marinière bleu marine XL made in Monoprix. Un style simple, sans chichi, très service public. « Quand je l'ai rencontrée pour la première fois, poursuit le journaliste, elle m'a dit : "Écoute, je sais que je n'étais pas ton choix mais je m'en fiche, c'est toujours le rédacteur en chef qui s'en va quand il y a des problèmes avec le présentateur..." » Le voilà prévenu. À France 3, Audrey Pulvar a commencé à se conduire comme une star, même si les journaux people d'alors ne s'intéressaient pas à elle. « Elle se rendait chez le coiffeur tous les jours, raconte Jean-Jacques Basier. Elle déjeunait souvent chez son ami, le chef Alain Passard, et revenait à la rédaction vers 15 heures. Alors elle s'enfermait pour écrire ses lancements... »

Faut-il voir une timidité excessive, un manque d'assurance dans cette façon de s'isoler des autres journalistes ? En tout cas le lien ne s'est pas créé. « Pendant un an, elle a eu très peu de contacts avec la rédaction, affirme Jean-Jacques Basier. Elle était distante. Alors que les reporters appelaient Élise Lucet pour se coordonner avec elle, ils rechignaient à contacter Audrey et c'est

1. Entretien avec l'auteur.

moi qui devais faire l'intermédiaire. Plusieurs fois, je lui ai demandé d'aller à la machine à café où se retrouvaient les membres de la rédaction, à la cantine, de faire un effort, mais non, elle ne voulait pas. » Ce qui lui importait, c'était de peaufiner son talent d'écriture, d'atteindre le meilleur niveau, de sortir du lot. Elle occupait l'antenne au maximum, prenait tout son temps pour « lancer » les sujets, continuait inlassablement de les ponctuer par une petite phrase de son choix. « Un jour, elle s'est pris un générique au visage, ça l'a obligée à raccourcir ses commentaires. »

Aucune mise en garde ne semble pouvoir la forcer à s'ouvrir à ses collaborateurs, pas même le crash aérien de la West Caribbean, le 16 août 2005, alors qu'elle était personnellement concernée. L'avion parti de Panama avec cent soixante personnes à son bord n'est jamais arrivé à Fort-de-France, il s'est écrasé dans une chaîne montagneuse du Venezuela. Ce soir-là, le drame est évidemment traité en ouverture du journal. Audrey Pulvar affiche un visage grave de circonstance mais nulle émotion particulière. Quelques jours plus tard, elle confiera pourtant à son rédacteur en chef que plusieurs de ses proches avaient péri dans l'accident.

Professionnelle sur le plateau, elle ne s'investit pas dans le choix des sujets traités dans son JT.

Son rôle ne se limitant pas à celui de passe-plat, elle devrait logiquement proposer des idées de reportages. Mais non, elle s'abstenait.

Après un an de « Soir 3 », c'est sans regrets qu'elle quitta ses confrères, d'autant que c'était pour une place plus prestigieuse, celle du « 19-20 ». Pour Paul Nahon[1], le président de la chaîne qui accéda à sa demande, « Audrey est une bonne journaliste, une bonne intervieweuse, qui connaît ses dossiers. C'est vrai qu'elle a un caractère bien trempé mais je me suis toujours bien entendu avec elle. Elle est très tenace, jusqu'à la mauvaise foi à l'occasion, mais ça finit toujours par se régler. »

« Les paroles d'amour, qui sont toujours les mêmes, prennent le goût des lèvres dont elles sortent. »

Guy de Maupassant

À ce moment-là, Audrey Pulvar n'avait pas encore rencontré Arnaud Montebourg et sa relation avec le chef Alain Passard n'était pas de nature à menacer la poursuite de sa carrière.

1. Entretien avec l'auteur.

Contrairement à ce qui se passait pour l'une de ses consœurs, Marie Drucker, qui lui avait succédé au « Soir 3 », et était alors confrontée aux problèmes de la collision entre vie privée et vie professionnelle. Paul Nahon, à l'époque directeur de l'information de France 3, nous raconte : « Un jour, pendant les vacances d'été, Marie m'a appelé et m'a annoncé ceci : "Paul, j'ai deux nouvelles. La bonne : je suis amoureuse, très amoureuse. La mauvaise : c'est de François Baroin, ministre de Jacques Chirac." » L'élection présidentielle de 2007 se profilait, la journaliste allait forcément être amenée à interviewer des personnalités politiques, alors elle n'hésita pas : elle annonça que, dès le début de la campagne, elle se retirerait de l'antenne. Le moment venu, les membres de la rédaction lui dirent au revoir avec d'autant plus de tristesse qu'elle s'était toujours montrée très amicale avec eux. « Elle salue systématiquement les techniciens, souligne Paul Nahon, elle fait la bise à tout le monde. J'avais conseillé à Audrey d'être plus souple, plus proche de ses confrères, mais elle ne savait pas le faire. »

Depuis son arrivée à Paris huit ans plus tôt, Audrey avait fait la démonstration de sa rigueur et de son professionnalisme, certes, mais elle comptait peu d'amis dans les rédactions qu'elle avait traversées. Partout, elle a laissé l'image d'une femme adorant les restaurants chics, les vacances dans les Pouilles en Italie et les vêtements de marque. Des penchants assortis d'un art de se mettre en scène. Le critique gastronomique Julien Négre[1] se rappelle un réveillon passé avec elle. « Elle est arrivée à 22 heures. On l'attendait comme une reine. Le dîner avait débuté deux heures plus tôt… »

Au « 19-20 » comme au « Soir 3 », Audrey Pulvar ne cherchait pas à se lier mais seulement à voir son travail reconnu. Elle y parvenait d'abord en l'accomplissant de manière exemplaire, en particulier lors de ses entretiens avec Nicolas Sarkozy. Dès 2005, alors que le ministre de l'Intérieur avait évoqué « le rôle positif de la colonisation » et annulé dans la foulée un voyage prévu en Martinique, elle lui demanda s'il avait peur de s'y rendre. En 2007, elle remit en cause son travail au ministère de l'Intérieur en l'interrogeant sur une possible « rupture » entre les Français et leur police. Un an plus tard, elle pria le président élu d'expliquer comment il comptait atteindre son objectif de vingt-cinq mille étrangers reconduits à la frontière chaque année. Elle insista et reposa la question. Jusqu'à exaspérer

1. Entretien avec l'auteur.

le chef de l'État, qui peinait à dissimuler sa colère. La jeune femme pouvait jubiler. Le lendemain, *Le Monde* lui consacra un article titré « Pulvar 1-Sarkozy 0 ». Elle prévint ses amis par texto : « Lisez le journal ce soir ! » Quant à Nicolas Sarkozy, il appela Paul Nahon pour le remercier de l'invitation et de la belle audience réalisée par l'entretien, mais il ne glissa pas un mot sur la présentatrice qui l'avait malmené.

Celle-ci gagna ensuite la confiance des journalistes de France Télévisions, en janvier 2009, lorsque le chef de l'État décréta la suppression de la publicité sur les chaînes du service public après 20 heures et jusqu'à 6 heures du matin. Audrey Pulvar « est devenue d'un seul coup une figure d'opposition à Nicolas Sarkozy », selon Jean-Jacques Basier. Les rédactions s'inquiétaient de la baisse des rentrées publicitaires, et donc des moyens de travailler, les assemblées générales se multipliaient, elle participait à toutes et n'hésitait pas à prendre la parole face aux micros des médias. « J'ai eu le sentiment qu'il y avait un peu d'opportunisme de sa part, même si c'est une journaliste remarquable », analyse Paul Nahon[1]. Désormais plus en vue, sûre de mériter une place de tout premier plan sur la chaîne, Audrey Pulvar exigea un rendez-vous

1. Entretien avec l'auteur.

politique... que Patrick de Carolis, P-DG de France Télévisions, lui refusa. Selon Jean-Jacques Basier, « personne ne l'a prise au sérieux et personne ne l'a retenue ».

En réalité, on ne met pas en doute son talent, mais ses relations avec ses collègues de travail. Dans une profession traditionnellement soudée, critiquée, pas toujours appréciée du public, l'individualisme est une faute impardonnable. Même ceux qui l'ont côtoyée pendant plusieurs années ont la sensation de ne pas la connaître. « Quand son père est mort, confie Jean-Jacques Basier, en février 2008, elle a fait l'aller-retour en quarante-huit heures, on n'en a peu parlé ensemble. Audrey est une grande pudique. D'une manière générale, je n'ai jamais su quand elle était heureuse ou malheureuse. »

En effet, elle ne montre guère d'émotions, sauf celles qu'elle met en scène. En juillet 2009, dans *Paris Match*, c'est la joie qu'elle affiche. Armée d'une fourche, très sexy dans un marcel blanc et un short en jean très... short, elle brasse du foin. La photo était censée illustrer l'engagement de la jeune femme pour le bien-vivre à la française. D'ailleurs, le cliché avait été pris dans la propriété normande de son compagnon, le célèbre restaurateur Alain Passard.

Tandis que six mois plus tôt elle défendait bec et ongles la qualité de l'information sur les chaînes de France Télévisions, elle rejoint le groupe Canal+ en août 2009 pour la présentation de la tranche 18 heures-20 heures en semaine sur i>Télé. Plus une interview politique le dimanche. Un journaliste amené à collaborer avec elle à l'époque l'assure : « On a vu arriver avec joie une journaliste rigoureuse, courageuse, hyperprofessionnelle. Or, en quelques semaines seulement, elle a créé une ambiance désagréable autour d'elle. Toujours seule dans son coin alors qu'on travaillait en *open space*. »

*

* *

C'est alors qu'elle rencontra Arnaud Montebourg, « le plus bel homme politique de Paris », mais hors des plateaux télé dans un premier temps. La France saura bientôt tout de sa relation avec le leader socialiste, sauf le coup de foudre. « Audrey est passée par moi pour rencontrer Arnaud, qui était un de mes amis, confie, amer, un proche de celui-ci. D'abord elle s'est intéressée à moi. Elle m'envoyait des dizaines de textos par jour. J'étais sous le charme, évidemment. J'organise donc un dîner discret avec Arnaud. » Quelques jours plus tard, invitée sur

RMC pour parler de sa carrière et du métier de journaliste, Audrey glissa : « Il m'arrive de déjeuner ou de dîner avec des politiques, ça m'est arrivé avec Arnaud Montebourg il y a trois jours. »

Audrey Pulvar l'ignorait à ce moment-là, mais sa relation avec Arnaud Montebourg, pourtant tout juste naissante et pas encore connue du grand public, lui causait déjà du tort sur le plan professionnel. À la rentrée 2009 en effet, Nicolas Demorand[1], animateur de la matinale sur France Inter, pensait à faire appel à elle pour réveiller la tranche 7 heures-9 heures qui somnolait. Aujourd'hui, il tient à donner sa version des faits : « Je l'avais repérée à France 3 et je trouvais qu'elle était vraiment bonne journaliste. J'ai donc parlé d'elle à Hélène Jouan, l'ancienne directrice de la rédaction, qui était d'accord. Nous sommes allés voir Philippe Val[2] qui nous a rétorqué : "Mais vous êtes fous ? C'est la petite amie d'Arnaud Montebourg ! En pleine campagne présidentielle, l'antenne doit être propre." » Pendant un an donc, jusqu'à ce que Philippe Val revienne sur sa décision et embauche Audrey Pulvar en tant qu'animatrice du 6-7 de France Inter, la journaliste a vu ses ambitions freinées

1. Entretien avec l'auteur.
2. Le directeur de France Inter.

et dû se contenter d'i>Télé. Le revirement du directeur de la station est d'autant plus surprenant qu'entre-temps, la vie privée de la journaliste était devenue publique.

Le 9 janvier 2010, en effet, *Closer* annonça qu'ils étaient ensemble, bientôt repris par tous les médias. Les proches de Montebourg se souviennent que celui-ci était fou de rage. « Il cherchait la taupe dans son entourage : il était fraîchement séparé de la mère de ses enfants et n'avait jamais voulu communiquer sur sa vie privée, nous confie ainsi un de ses amis. Le jour où son fils avait eu les honneurs de la presse locale, un petit journal de Saône-et-Loire, pour avoir gagné un match de football avec l'équipe du coin, Arnaud et son ex-épouse s'étaient mis en colère. » Audrey Pulvar, elle, beaucoup moins gênée de voir sa situation clarifiée au grand jour, confia au *Journal du dimanche* : « Je suis la petite amie d'Arnaud Montebourg. »

Dès février 2010, c'était officiel, elle était la compagne du député. Et bien sûr, si elle éprouvait le besoin d'en parler, c'est parce qu'elle avait le pressentiment que leurs positions respectives n'allaient pas tarder à nourrir les critiques. L'attitude de Marie Drucker, démissionnaire de son poste de présentatrice du « Soir 3 », montrait l'exemple à suivre. Sauf qu'Audrey Pulvar n'avait pas du tout envie de mettre sa carrière entre parenthèses. Par ailleurs, trois ans plus tôt, Arnaud Montebourg avait été parmi les premiers à réclamer le départ de Béatrice Schönberg, alors présentatrice des journaux du week-end sur France 2 et épouse du ministre Jean-Louis Borloo. « Il y a un conflit d'intérêts évident, avait-il déclaré à l'hebdomadaire *Télérama*. Dans le monde politico-médiatique actuel, ceux qui ont le pouvoir se permettent de piétiner les règles du jeu. Il est temps que cela change. » Audrey Pulvar ne peut que le reconnaître : elle s'est mise elle-même dans une position délicate. Et comme elle ne la croit pas encore inextricable, finalement, cela ne lui déplaît pas. « Aujourd'hui, je suis encore plus que d'habitude dans la ligne de mire, explique-t-elle à l'époque. Je dois faire attention à tout ce que je dis. » Mais cette dangereuse notoriété ne lui fait pas peur. Elle assume son métier comme son histoire d'amour.

En ce début d'année 2010, point fort de la relation Pulvar-Montebourg, deux ambitions se rencontraient, se nourrissaient, se servaient l'une l'autre. Elle était invitée sur les plateaux télé pour témoigner de son statut de « femme de » et en profitait pour avancer un discours féministe, indépendant, voire engagé. Plus personne en France ne pouvait ignorer qu'Audrey Pulvar avait la tête bien faite, bien pleine… Bien dure.

« Quelle triste chose que sur toute la Terre les gouvernements soient toujours précisément aussi coquins que les mœurs de leurs sujets peuvent leur permettre de l'être. »

Alexis de Tocqueville

De son côté, Arnaud Montebourg, récemment séparé de sa femme, gagne dans cette histoire une visibilité que son seul poste de député de l'opposition ne lui assurait pas. Il est soudain cet homme qui a séduit l'une des plus belles femmes de Paris, une journaliste réputée pour sa pugnacité face à Nicolas Sarkozy. Une femme de gauche, certes adepte de gastronomie et des défilés de haute couture, mais de gauche. À l'image, ils formaient un couple très « glamour », selon la presse féminine. Jeunes, ambitieux, ils symbolisaient la France moderne et dynamique. Mais surtout la connivence entre les médias influents et les dirigeants politiques puissants. Car puissant, Arnaud Montebourg le deviendra après les primaires socialistes.

Qui est-il, cet homme que beaucoup de Français découvrent grâce à sa liaison avec Audrey Pulvar ? Une personnalité complexe et émouvante. Avocat de profession, il a gardé de sa pratique des prétoires une grande facilité d'élocution. « À ses débuts, il était souvent commis d'office, raconte un ami de longue date originaire de Saône-et-Loire. Il a appris à être à l'aise avec tout le monde. Il a également pris l'habitude de gérer les gens comme des dossiers. C'est un vrai joueur. Il aime le risque et joue la comédie avec un naturel déconcertant. » Une personnalité complexe, tiraillée entre la raison politique et un tempérament passionné. « En réalité, Arnaud est profondément seul, complète un des responsables de sa campagne lors des primaires. Il est tellement sur le registre de l'affectif qu'il provoque des relations passionnelles. Arnaud est ambivalent : d'un côté il aspire à une vie normale loin des paillettes, de l'autre il ne sait pas résister à une caméra de télévision. » Capable de grandes déclarations d'amour ou d'amitié à la vie à la mort un jour, froid et silencieux le lendemain, voilà le tableau dressé par quelques compagnons de route.

Arnaud Montebourg aime aussi parler le plus simplement du monde de ses origines quand il n'a rien à y perdre. Nous l'avons rencontré à l'Assemblée nationale quelques semaines avant le premier tour de l'élection présidentielle pour évoquer ses racines algériennes. Ce jour-là, il a sorti les photos de ses ancêtres oranais qu'il conserve précieusement dans son téléphone portable. « Mon grand-père, Khermiche Ould Cadi, a été expulsé de son village par le tribunal indigène parce qu'il avait vu son père mourir assassiné pour une sombre histoire d'héritage et qu'il avait voulu le venger, alors qu'il n'avait que quinze ans. C'était en 1922. Il a vécu dans la plus grande pauvreté, recueilli par un berger prénommé Jilali. Pour sortir de la misère, il s'est engagé dans l'armée française où il fut sergent-major. Un jour, il a été envoyé à Rouen et il est tombé amoureux de ma grand-mère. Celle-ci était la fille illégitime d'une domestique et du châtelain. Mes deux grands-parents étaient donc des parias. Ils se sont associés et se sont aidés. L'Algérie est un peu mon pays. Pour ma mère, ce sujet était douloureux. Enfant, elle nous parlait du racisme qu'elle avait subi, de la guerre d'Algérie, elle a beaucoup souffert de cela : ma grand-mère maternelle était une *roumi*, donc une Française pour les Arabes, mais une Arabe pour les Français puisque son mari était algérien. À mon fils, j'ai donné le prénom de mon grand-père, Khermiche ; il s'appelle Paul Antoine Michel Jacques Khermiche. Et ma fille s'appelle Adèle Anne Leïla, ce dernier prénom étant celui de ma mère... » Ces deux enfants, Arnaud Montebourg les a eus avec Hortense de Labriffe, fille du comte Antoine de Labriffe, une ancienne collaboratrice d'Edouard Balladur et de Philippe Douste-Blazy. Lorsqu'il rencontra Audrey Pulvar, il aspirait, dans sa vie personnelle comme professionnelle, à s'ouvrir à un autre monde. Ce sera celui des médias.

*

* *

En 2010, le temps où la télévision considérait les journalistes noirs comme « des oiseaux des îles », selon Michel Reinette, semble bel et bien révolu. Les mentalités ont changé. Harry Roselmack a été choisi pour présenter les journaux du week-end sur TF1, et Christine Kelly est devenue l'un des visages majeurs de LCI avant d'entrer au Conseil supérieur de l'audiovisuel. Bref, la couleur n'est plus un problème.

Ce qui faisait la particularité d'Audrey Pulvar, en 2010, c'était son compagnon. Mais le jour où il annonça officiellement sa candidature à l'investiture du parti socialiste pour la présidentielle de 2012, cette particularité devint une faiblesse. Dès le mois de janvier 2011, France Inter retira à la journaliste son interview quotidienne mais lui conserva le 6-7. Au fil des mois, la situation devenait de plus en plus intenable, d'autant que les soutiens étaient rares. « Un jour, nous recevions Arnaud Montebourg, confie un journaliste de France Inter. Audrey faisait son billet à l'antenne sous les yeux de son compagnon. Nous étions tous gênés par cette situation ubuesque. »

Alors que l'échéance de la primaire se rapprochait, Audrey Pulvar glissait du clan des journalistes vers le vaste champ des people. Elle réaffirmait sans cesse sa volonté et sa capacité à exercer son métier de façon impartiale, mais elle n'avait plus les moyens de le faire. Débarquée d'i>Télé en juillet 2011, elle devint chroniqueuse dans l'émission de divertissement « On n'est pas couché », animée par Laurent Ruquier. Elle s'éloignait de plus en plus du 20 heures et même du poste dont elle disait avoir toujours rêvé, celui de correspondante à Washington, au plus proche de la présidence américaine. Qu'importe : elle était convaincue que ses apparitions sur France 2, chaque samedi en deuxième partie de soirée, lui apporteraient plus de notoriété. Hélas, Audrey Pulvar tirait ses dernières cartouches : bien que compagne officielle d'Arnaud Montebourg, une des figures du parti socialiste, elle se retrouvait publiquement en position de conflits d'intérêts. Ainsi lorsqu'elle interviewa Manuel Valls, rival de son compagnon au PS, ou encore Harlem Désir, les téléspectateurs et journalistes, tel Bruno Jeudy, rédacteur en chef au *Journal du dimanche*, s'étonnèrent sur Twitter : « C'est gênant de voir Audrey Pulvar interroger Manuel Valls chez Ruquier. Y a quelque chose qui cloche à France 2. »

Le 9 octobre 2011, enfin, les militants socialistes votèrent pour celui qu'ils souhaitaient voir se présenter contre Nicolas Sarkozy en mai 2012. 17 % d'entre eux se prononcèrent pour Arnaud Montebourg. Son allure d'ardent chevalier revenu de croisade les avait convaincus d'une chose au moins : il ne ressemblait pas aux autres, les anciens, Hollande et Aubry, qui avaient connu François Mitterrand, il y avait déjà si longtemps…

Arnaud Montebourg a eu la sagesse, le bon goût peut-être aussi, de ne pas mettre sa liaison avec la journaliste trop en avant. Il s'est montré avec elle, bien entendu, mais sans trop en faire. « Au début, quand elle le rejoignait au restaurant, il adorait nous dire : "Devinez qui nous rejoint : Audreyyyy !" », l'imite un de ses amis. Au commencement de leur idylle, Audrey Pulvar l'a bousculé en précipitant les effets d'annonce.

Les mois passant, elle a été prise à son propre piège. Ce soir du 9 octobre, c'est lui le vainqueur. En célébrant ostensiblement son score à son côté, elle précipita un peu plus sa propre chute. « On était tous atterrés, se souvient un journaliste de France Inter. On s'est dit qu'elle devait se sentir très forte pour se comporter de cette façon. Lui était plus lucide qu'elle, notamment parce que depuis l'annonce de sa candidature, nous avions décidé de ne plus le recevoir. Il en avait été embêté, mais il avait compris notre décision. »

Quelques mois plus tard, Arnaud Montebourg remporta une victoire supplémentaire : il fut nommé ministre du Redressement productif. Dans un pays en plein marasme économique, c'était un portefeuille de poids. Sa compagne pouvait en être fière, mais elle devait aussi en payer le prix : dès l'entrée d'Arnaud Montebourg au gouvernement, elle dut quitter France Inter. Et chez Laurent Ruquier, elle finit juste la saison en juin. Le journaliste Aymeric Caron allait la remplacer, au côté de Natacha Polony. Audrey Pulvar protesta contre cette éviction et se plaignit ouvertement que France Télévisions ne lui propose rien. Pour Thierry Pflimlin, président-directeur général du groupe, il était tout simplement impossible de garder à l'antenne celle qui était devenue le symbole du pire des mélanges de genre : celui de la politique et des médias.

Comment rebondir ? Les portes des journaux télévisés étaient désormais fermées à Audrey Pulvar. En juillet 2012, à la stupéfaction de tous, elle fut nommée directrice générale en charge de l'éditorial aux *Inrockuptibles*. Une proposition de Matthieu Pigasse, propriétaire de ce magazine, actionnaire du *Monde* et du *Huffington Post*, par ailleurs directeur général délégué de la banque Lazard en France, et son vice-président en Europe. « Audrey n'était pas connue pour être une meneuse d'hommes, souligne Jean-Jacques Basier. Comment allait-elle gérer un hebdomadaire ? » Quant à ses goûts, tout le monde s'interrogeait sur l'étendue de sa culture musicale. Enthousiaste, Audrey Pulvar téléphona à Pierre Siankowski[1], un pilier de la rédaction. « Elle m'a dit : "J'écoute Zebda à fond les ballons, je rentre du festival d'Avignon." Le hic c'est que Zebda, c'est pas trop notre tasse de thé. Bosser pour les *Inrocks*, c'est une façon de tester ta *coolitude*. » Pourtant, même si elle n'est pas assez « cool », si elle ne maîtrise pas tous les codes du magazine branché, Audrey Pulvar sait toujours plaire quand elle le veut. Convaincre aussi. « Elle nous a mis dans sa poche, se souvient Pierre Siankowski. Elle avait de l'énergie et souhaitait faire bouger les choses. Mais au bout de quinze

1. Entretien avec l'auteur.

jours, elle s'est ennuyée. Il faut dire qu'à la télévision, elle avait goûté à la notoriété. La presse écrite vous replonge dans l'anonymat. »

En fait, la télé ne l'a pas tout à fait oubliée. Une petite chaîne du groupe Canal+, tout juste créée, fait appel à elle : Direct 8. Audrey Pulvar fera partie des chroniqueuses d'une émission présentée par Laurence Ferrari dont elle a toujours été proche. Un magazine un peu fourre-tout qui garde la politique à bonne distance et privilégie la rigolade. Une quotidienne où les journalistes doivent se montrer pêchues, certes, mais aussi féminines, voire sexy, ouvertement décomplexées. Audrey Pulvar se perche sur les talons les plus hauts. Lorsqu'elle quitte le plateau pour rejoindre la rédaction des *Inrockuptibles*, son dalmatien Gaufrette trottinant derrière, elle détonne. « Elle vit dans la contradiction de nombreuses personnalités de gauche : un attrait et une répulsion pour l'argent », souligne Pierre Siankowski. L'oreille collée à son i-Phone, toujours tirée à quatre épingles, elle ne laisse aucun objet personnel dans son bureau et passe en coup de vent. « C'est vrai qu'on recevait des e-mails qu'elle avait envoyés à 6 h 30 du matin, mais gérer une rédaction tout en étant chaque jour à l'antenne, c'est mission impossible. Elle n'assistait qu'aux réunions les plus importantes : celles du mardi et du vendredi. Mais il faut reconnaître qu'elle avait du courage quand il le fallait. Le jour où les ministres Aurélie Filippetti et Cécile Duflot, deux ministres collègues de son compagnon, ont voulu changer avant parution quelques mots d'une interview donnée aux *Inrocks*, elle les a appelées directement pour leur dire qu'il n'était pas question de toucher à l'entretien. »

*

* *

En tout, Audrey Pulvar ne restera que cinq mois à la tête de l'hebdomadaire. Cinq petits mois pendant lesquels sa relation avec Arnaud Montebourg a eu le temps de se dégrader. Pensait-elle réellement s'écarter du monde politique en acceptant la proposition des *Inrockuptibles* ? Elle a été piégée, et Montebourg aussi. Par cette nomination, le propriétaire du magazine, le financier Matthieu Pigasse, a semblé vouloir faire d'une pierre deux coups : d'une part créer le buzz autour de son magazine avec une recrue très médiatique, d'autre part se mettre en bons termes avec Arnaud Montebourg ; après tout c'était lui qui avait la charge de sauver les entreprises françaises de la faillite. De plus, la Banque publique d'investissement (BPI), que va bientôt mettre en place le gouvernement Ayrault, est censée venir en aide aux PME en finançant certains de leurs projets.

À la fin août, *Le Nouvel Observateur* révèle que l'Agence des participations de l'État (APE), sur laquelle Pierre Moscovici et Arnaud Montebourg exercent leur cotutelle, a donné mandat à la banque Lazard Frères de conseiller le gouvernement dans la future BPI. La banque Lazard, dirigée par Matthieu Pigasse, propriétaire des *Inrockuptibles* ! Ce même Matthieu Pigasse qui a embauché Audrey Pulvar, compagne d'Arnaud Montebourg… Des soupçons de conflits d'intérêts naissent déjà.

En réalité, selon nos informations, lorsque Pierre Moscovici, le patron de Bercy, a appris que Matthieu Pigasse essayait de négocier directement avec Montebourg, il entra dans une colère froide. Quoi ? Lui, le tout-puissant ministre de l'Économie et des Finances, se faisait doubler par un « collaborateur » ? Après avoir fait rappeler à l'ordre le banquier d'affaires, il fait fuiter l'information. Arnaud Montebourg n'a pas le choix : il est obligé de reconnaître que son ministère n'a aucun pouvoir sur la Banque publique d'investissement et reconnaît ainsi la suprématie de Moscovici.

Sans doute a-t-il également pris conscience que son histoire d'amour devenait un handicap professionnel. Or pour lui, comme pour tout personnage politique, l'ambition ne souffre pas de problèmes domestiques. Entre Audrey Pulvar et sa carrière, son choix était fait. Un matin de septembre 2012, Arnaud Montebourg cessa de donner des nouvelles à celle qui était sa compagne depuis deux ans. Le silence dura deux mois, jusqu'à ce que la journaliste comprenne que leur histoire était bel et bien terminée. Le 19 novembre, soir de l'élection du nouveau président de l'UMP, alors que ses collègues de tous les médias étaient largement occupés, elle envoya un SMS à l'Agence France-Presse : « La journaliste Audrey Pulvar annonce la fin de sa relation avec Monsieur Arnaud Montebourg, ministre du Redressement productif. »

Décembre 2012 marque aussi la fin de son aventure en presse écrite : à l'issue d'un conseil d'administration où il a été question du budget des *Inrockuptibles*, Audrey Pulvar présente sa démission. Le jour où elle quitte la rédaction, elle reçoit de ses confrères deux bouquets de fleurs polis. « À chacune de ses apparitions à la télé, elle parlait d'elle mais jamais du magazine, se souvient l'un de ses collaborateurs. Elle a phagocyté le journal avec ses problèmes. On regardait atterrés la succession des polémiques qu'elle accumulait. » Celle de ses lunettes en écaille de tortue estimée à quinze mille euros dans la presse en est un exemple : le magazine *Technikart* est le premier à dégainer en octobre 2012. Dans le portrait qui lui est consacré, les journalistes avancent le nom de la marque et chiffrent le prix. En réalité, Audrey Pulvar a donné le bâton pour se faire battre en répondant à une blogueuse mode qui s'interrogeait en avril sur la monture : « Acétate, corne de buffle ou encore véritable écaille de tortue. » Afin d'en être sûre et certaine, je lui ai tout simplement demandé la marque de ses lunettes sur Twitter, explique l'auteure du blog. Elle m'a très gentiment précisé : « Maison Bonnet. »

Aux *Inrocks*, les journalistes avaient une bonne raison de faire la tête : cette polémique éclatait alors que l'hebdomadaire faisait sa une sur « Les ouvriers sacrifiés de Florange », une idée de couverture initiée par Audrey Pulvar ! La journaliste attendit des semaines pour révéler, à la télévision[1], le montant exact de la facture : « Elles ont coûté trois mille trois cents euros, dont cinq cents pour les verres. Quand je les ai achetées, je me suis dit que je me faisais un superbe cadeau. Quand je vois les sommes qui ont été annoncées en une du *Canard enchaîné*, qui est censé être un bon journal, je me pose

1. Dans l'émission « À nous deux », sur France Ô.

vraiment des questions sur ces gens qui me donnaient des leçons de journalisme. »

Sauf que les leçons ne portaient pas seulement sur les tenues et accessoires luxueux qu'elle arborait, mais sur ses relations avec le pouvoir et la mise en scène de sa vie privée…

*

* *

Selon Nicolas Demorand[1], qui loue le « courage » d'Audrey Pulvar : « Il est parfois simplement impossible de garder étanches sphère professionnelle et intimité. Les politiques et nous passons tellement de temps ensemble ! Du matin au soir, nos vies privées sont tout autant chamboulées par ce rythme effréné. On voit souvent nos mariages s'effondrer en même temps, nos vies de famille souffrir de nos emplois du temps, alors c'est naturel si on finit parfois par nouer des relations privées. C'est la vie : Cupidon décoche ses flèches. Les relations entre les deux sont empoisonnées. Aujourd'hui plus rien n'échappe au secret. Tout est sur la place publique. C'est peut-être mieux pour la démocratie. Mais peut-on exiger des hommes politiques qui tombent amoureux de renoncer à leur carrière ? Non. Alors pourquoi l'exiger des femmes journalistes ? »

1. Entretien avec l'auteur.

Une analyse que ne partage pas Jean-Marie Charon[1], auteur de nombreux ouvrages critiques sur la profession[2]. « Bizarrement, la nomination d'Audrey Pulvar à la tête des *Inrocks* a posé moins de problèmes que son embauche à France Inter. Le lectorat du magazine culturel est assez réduit. Surtout, la politique n'y occupe qu'une toute petite place. À l'inverse, sur France Inter, elle était amenée à traiter de politique alors que le grand public l'avait identifiée comme une proche, une intime d'un homme fort du PS. Bien sûr, le cas extrême restera toujours celui du couple formé par Christine Ockrent et Bernard Kouchner : alors que ce dernier régnait sur le Quai d'Orsay, son épouse codirigait l'audiovisuel extérieur français…

» Audrey Pulvar ou d'autres journalistes en couple avec des hommes de pouvoir ont beau s'offusquer et affirmer : "Je suis une grande professionnelle, comment osez-vous mettre en doute mes compétences ?", le public réagit, à raison. » Comment nier ce mélange des genres alors que les politiques se relaient même sur les plateaux des émissions de divertissement, dont celui de Laurent Ruquier sur France 2 ? Le

1. Entretien avec l'auteur.

2. Notamment *Les Médias en France*, Éditions La Découverte, 2003.

10 mars 2012, en pleine campagne pour la présidentielle, devant Jean-François Copé, chef de l'UMP et soutien du candidat Nicolas Sarkozy, Audrey Pulvar, plus pugnace que jamais, relève les engagements non tenus du président sortant. Jean-François Copé note avec humour : « J'ai l'impression de faire un débat avec François Hollande. » Après dix minutes de combat verbal, à bout d'arguments, il finit par balancer : « Si j'étais un peu insultant, je demanderais au CSA de décompter votre temps de parole du côté d'en face ! »

Rien ne semble pourtant pouvoir arrêter la chroniqueuse. Quelques mois plus tard, en octobre, à la télévision sur Direct 8, la journaliste cite le nom de son presque ex-compagnon, devenu ministre, comme un possible nouveau locataire de Matignon : « Qu'est-ce que vous voulez que le chef de l'État fasse ? Il va prendre Manuel Valls comme Premier ministre. On a parlé un moment de Marisol Touraine, on parle de temps en temps également d'Arnaud Montebourg, mais ça serait encore plus compliqué pour lui d'avoir un Premier ministre qui ait une forte personnalité. » Cette affirmation, sortie de la bouche de n'importe quel autre journaliste, n'aurait jamais soulevé les protestations de la profession…

*
* *

Psychanalyste et auteur de nombreux ouvrages de référence, Jean-Pierre Friedman[1] souligne avec une pointe d'ironie : « De tout temps les femmes ont été fascinées par le pouvoir. Par ces hommes qui ont une possibilité que les autres n'ont pas : celle de punir ou de récompenser. » Reste qu'il n'est peut-être pas nécessaire, quand bien même tout finit par se savoir, de mettre sa vie privée en avant comme l'a fait Audrey Pulvar après sa rencontre avec Arnaud Montebourg. Depuis près de cinquante ans qu'elle côtoie le pouvoir, Michèle Cotta[2], ex-directrice de France 2, émet un jugement aiguisé sur la question. Du temps où elle était très liée avec Jacques Chirac – elle, brillante plume de l'hebdomadaire *L'Express*, lui jeune fauve de la politique –, personne n'en a rien su. La discrétion, voire le secret, était alors de mise. Aussi déplore-t-elle « cette étrange façon de se précipiter pour révéler qu'on vit une histoire d'amour avec un homme politique. Mieux vaut partir à 5 heures du matin en douce que d'être coincée. Les tweets et autres déclarations à l'AFP pour

1. Entretien avec l'auteur.
2. Entretien avec l'auteur.

annoncer sa rupture ou sa relation sont des comportements puérils. Franchement, c'est la cour de récré. »

Pour sa part, Jean Quatremer[1], qui signe à *Libération* depuis 1984 et qui a été le premier à soulever la question des rapports qu'entretenait DSK avec les femmes, ne comprend pas que l'on puisse trouver normal qu'une journaliste devienne la compagne d'un homme politique : « Audrey Pulvar a géré sa liaison passée avec Arnaud Montebourg comme une rock star. Car oui, le fait qu'elle fût sa compagne faisait partie de son statut. Un statut auquel elle n'a pas voulu renoncer. Quand je lui ai fait remarquer sur Twitter que j'estimais surréaliste qu'elle interviewe Harlem Désir, un mélange des genres impardonnable, elle a réagi avec une grande violence. Elle a d'elle-même fait le lien avec son compagnon. Elle a ensuite passé un coup de fil à Nicolas Demorand, mon patron. Arnaud Montebourg a également demandé des comptes à celui-ci. Elle est souvent dans la position de l'accusatrice. Dur de se retrouver tout à coup dans celle de l'accusée. Le comportement de certaines de mes consœurs ne rend pas grâces à notre profession. Elles vont vers le pouvoir. Elles

1. Entretien avec l'auteur.

donnent une image très négative des femmes et du métier. »

En fait, ne reproche-t-on pas surtout à Audrey Pulvar une indépendance qui confine au mépris ? Jean-Claude Dassier[1], ancien patron de LCI, conserve d'elle un souvenir partagé. « Elle a crié sur les toits qu'on ne l'avait pas gardée parce qu'elle n'était pas assez belle, pas blonde ! C'est totalement faux. La preuve, Christine Kelly a fait carrière chez nous. En plus, LCI a permis à Audrey de décrocher la présentation du JT de France 3. Mais dans sa tête, elle ne doit jamais rien à personne. D'ailleurs, il y a quelques mois, Christine Kelly a organisé au Park Hyatt Paris-Vendôme un dîner avec tous les journalistes que j'avais poussés à l'antenne à LCI puis à TF1. Ils sont tous venus : Laurence Ferrari, Nathalie Renoux, David Pujadas… tous, sauf Audrey Pulvar. » Selon lui, son aventure avec Arnaud Montebourg était « une ordinaire histoire d'amour comme on en vit au bureau » et elle l'a rendue publique afin d'augmenter sa notoriété. Michel Reinette[2] fait à peu près la même analyse : « Je crois que la célébrité rend fou. Quand je lui ai

1. Entretien avec l'auteur.
2. Entretien avec l'auteur.

parlé des primaires fêtées avec Arnaud Montebourg, elle a reconnu qu'elle avait eu tort. Ce soir-là, je me trouvais avec Thuillier et Pfimlin[1]. Ils étaient stupéfaits de la voir s'afficher ainsi. Ils m'ont demandé ce qui avait pu lui passer par la tête. Ce jour-là, son sort était scellé. »

*
* *

La position dans laquelle se trouve Audrey Pulvar aujourd'hui, Arnaud Montebourg est le premier à la juger « injuste ». « Notre situation est devenue intenable dès ma nomination au gouvernement, nous a-t-il confié[2]. Je l'ai convaincue d'entrer aux *Inrockuptibles* parce qu'elle avait tout perdu à cause de moi, et elle a été perdante encore plus. Alors oui, c'est injuste. D'autant qu'elle est et reste une très bonne journaliste. »

Audrey Pulvar en est d'ailleurs elle-même convaincue. Si elle a refusé de nous accorder un entretien malgré nos demandes répétées, elle estime – et elle l'exprime dans le landerneau médiatique parisien – que sa carrière a considérablement ralenti, qu'elle se sent lésée, punie

1. Thierry Thuillier, alors directeur de l'information de France Télévisions, et René Pflimlin, P-DG de France Télévisions.

2. Entretien avec l'auteur.

pour sa relation avec Arnaud Montebourg. Elle l'a d'ailleurs confié au magazine *Gala* en mai 2013 : « Je n'ai pas tout à fait la trajectoire que j'aurais pu avoir si je ne l'avais pas rencontré. J'ai fait une "bêtise". »

Son ex-compagnon, lui, a fait le choix de garder désormais le silence absolu sur sa vie intime.

4

Les victimes de DSK

Par texto, il s'excuse de son retard. En réalité, il ne nous fera attendre que quelques minutes. Mais voilà, l'homme manque de sérénité et chaque petit accroc dans la mécanique du quotidien lui semble une déchirure. Johnny Cloutier, quarante-huit ans, les cheveux gris impeccablement coupés, une chemise noire par-dessus la ceinture du pantalon, s'avance à pas de loup, comme aux aguets. Craindrait-il quelque chose ? Quelqu'un ? Non, plus vraiment. Le mal est fait, irrémédiablement. Dominique Strauss-Kahn lui a pris sa femme. Humilié, malheureux, désarmé face à la puissance de l'ex-patron du FMI, Johnny Cloutier s'est fait tout petit. Tel un animal blessé, il s'est terré, incapable de réagir, de se défendre, encore moins de passer à l'attaque. Jusqu'à ce rendez-vous qu'il nous a accordé, il a décliné les invitations réitérées de nombreux journalistes à raconter sa mésaventure. Pourtant, sur son rival, il dit qu'il pourrait « écrire un livre entier ». Il ajoute presque avec dépit : « Le plus fort, c'est que je ne l'ai jamais rencontré. »

Son épouse, Myriam L'Aouffir, a fait la connaissance de DSK dans les années 2000 au cours d'une manifestation caritative. Elle est tombée sous son charme aussitôt. Puis, à la fin 2007, il est parti vivre de l'autre côté de l'Atlantique, la distance a fait son travail, chacun s'est recentré sur son couple. Elle, de son côté, a eu un deuxième enfant avec Johnny Cloutier. Mais l'attirance qu'elle ressentait pour Dominique Strauss-Kahn était trop forte, elle ne l'a pas oublié. Ils ont renoué sérieusement lorsque le directeur général du Fonds monétaire international est rentré en France, un peu plus tôt que prévu, à la suite de l'affaire Nafissatou Diallo.

Leur liaison est restée secrète jusqu'à ce 5 septembre 2012, lorsque l'hebdomadaire *VSD* en fait sa une avec ce titre : « DSK oublie sa femme avec une autre ». *Closer,* puis d'autres titres, relaient l'information sans hésiter ; la vie de Johnny vole en éclats. Comme celle de Valérie Trierweiler, un an et demi plus tard, lorsque *Closer* révélera la liaison de François Hollande avec Julie Gayet. Sauf que Johnny Cloutier n'est pas du tout préparé à un tel choc. De nationalité canadienne, installé en France depuis plus de vingt ans, ce producteur de musique ne fait pas partie de l'intelligentsia parisienne ; il n'a pas la clairvoyance de certains journalistes politiques rompus aux marivaudages. Ce qu'il voit dans *VSD*, c'est que cette « autre » décrite comme une jeune célibataire est en réalité sa compagne depuis vingt ans. Le couple s'est même marié à Las Vegas fin 2011, quelques mois après l'arrestation de DSK à New York… Une union qui scellait un peu plus leur famille autour de leurs deux garçons.

*

* *

Attablé chez Schwartz's, un restaurant américain proche de l'avenue des Ternes à Paris, Johnny Cloutier nous raconte : « Ma femme a été prévenue la veille de la parution de *VSD* par une amie journaliste. Dans cet article, a-t-elle appris, on lui prêtait une liaison avec Dominique Strauss-Kahn, alors elle m'en a parlé. Mais elle m'a juré que c'était faux, qu'ils étaient simplement amis. Je l'ai crue. »

Ce 5 septembre 2012, Johnny sort donc de l'appartement familial pour acheter le magazine et, comme n'importe quel lecteur, il découvre les clichés. On peut y voir l'ancien probable candidat à l'Élysée très proche de Myriam L'Aouffir, l'enlaçant tendrement, avec ce texte pour légende : « Voilà plusieurs semaines que DSK présente volontiers cette pétillante quadragénaire comme celle qui partage aujourd'hui sa vie. Le style un peu BCBG, l'élégance naturelle et le sourire de cette belle célibataire, qui occupe un poste à responsabilités dans une grande chaîne de télévision, ont immédiatement conquis le cœur de notre séducteur invétéré. »

Cette lecture fait à Johnny Cloutier l'effet d'un coup violent porté au plexus. « Depuis plusieurs semaines... » Comment est-ce possible, il n'a rien vu venir. C'est vrai, son épouse est très occupée, elle rencontre souvent des célébrités dans le cadre de son travail, et lui-même voyage pas mal. Mais que sa femme mène une double vie « depuis plusieurs semaines », et surtout avec cet homme-là, le mari trompé a du mal à y croire. Comme tout le monde, il a assisté à la déchéance de l'homme politique au printemps 2011, puis à sa rupture avec Anne Sinclair – une séparation rendue publique par une interview donnée par la journaliste elle-même le 31 août 2012 au *Parisien*. À travers les médias, il a suivi la longue chute d'un homme promis aux plus hautes fonctions de l'État, il s'est étonné qu'un personnage aussi brillant commette tant d'erreurs grossières et précipite sa perte. Il ne peut pas imaginer que sa femme ait été attirée par cet homme. Et, comme ce fut le cas pour Valérie Trierweiler, il souffre d'autant plus que l'humiliation qu'on lui inflige est publique.

Dans un premier temps, il reste donc solidaire de sa compagne : il pense que la vérité s'imposera, il fait confiance à cette épouse qu'il connaît si bien. Comme Valérie Trierweiler en janvier dernier, il nie la réalité. Il la nie d'autant mieux que Myriam elle-même ne la reconnaît pas. Peu à peu, cependant, il prend conscience des absences de plus en plus fréquentes de son épouse et de la distance qui s'est installée entre eux deux. Ça ne fait rien. Il veut encore se persuader que Myriam lui reviendra. Johnny ne demande qu'à être rassuré. D'ailleurs, lorsque Myriam lui annonce qu'elle porte plainte contre plusieurs journaux pour atteinte à la vie privée, il y voit une preuve de son innocence. Mais, les semaines passant, il s'étonne de la délectation avec laquelle son épouse collectionne les articles la concernant. Avec le recul, il analyse aujourd'hui : « Pour une fois, les médias parlaient d'elle et non plus des stars qu'elle côtoyait au service de presse de France 2 et dont elle assurait la promotion. » Et puis, c'est quand même grisant de remplacer Anne Sinclair dans la vie de DSK et de ravir la vedette à l'ancienne présentatrice de « Sept sur Sept » !

Après plusieurs mois de doute, la vérité s'impose à Johnny Cloutier par le biais d'une décision sans appel de son épouse. « Dominique est jaloux, il faut que tu quittes l'appartement. »

Que faire ? Attaquer en justice ? Le mari éconduit, sous le choc de ce qui vient de lui arriver, pense en effet à faire appel à la loi. Mais il espère encore que la situation se réglera d'elle-même... par une rupture entre Myriam et DSK. Après tout, il sait le nouveau compagnon de sa femme particulièrement volage. En outre, Johnny a conscience que livrer un combat contre un homme aux influences multiples n'est pas gagné d'avance, loin s'en faut, d'autant qu'il ne dispose pas des mêmes moyens financiers. « Seul, je ne vois pas comment me défendre contre lui. »

De fait, l'ancien favori dans la course à l'Élysée semble jouer avec son rival malheureux comme un chat avec une pelote de laine. Certains de ses proches voient même un brin de « perversité » dans la manière dont il a évincé Johnny Cloutier du quatre-pièces de sa nouvelle compagne. Il s'agit d'un appartement sans cachet au loyer modéré que le couple Cloutier-L'Aouffir a obtenu par le biais du 1 % patronal du groupe France Télévisions. Un appartement des plus banals et bien éloigné de la splendide place des Vosges où DSK avait ses habitudes. Ce dernier aurait pu vivre son nouvel amour dans un immeuble plus spacieux, plus fastueux aussi, pourquoi pas dans les beaux quartiers de la capitale ? L'ancien ministre des Finances du gouvernement de Lionel Jospin, certes bien plus âgé que Myriam L'Aouffir, n'a rien perdu de sa superbe, ni de son savoir-faire. Quels que soient les déboires professionnels ou personnels qu'il a connus, sa méthode de séduction est restée la même. Son arsenal de don Juan comprend les belles paroles et la notoriété, mais aussi l'argent qu'il distribue généreusement : cadeaux de grande valeur (bijoux, montres de marque), vacances en Corse ou dans un riad de quelques millions d'euros avec piscine intérieure, voyages en jet privé… Il emmène ainsi fréquemment sa conquête à Marrakech dans sa nouvelle demeure où se côtoient le gratin local et les quelques fidèles qui ne le quittent pas d'une semelle. Ça tombe bien, Myriam connaît le Maroc, elle y a même grandi : « Son père était de Rabat, confie Johnny. Il est décédé aujourd'hui, mais sa mère, une ancienne Allemande de l'Est, vit toujours là-bas. » Autant d'avantages dont bénéficie Myriam L'Aouffir dans leur vie à deux et lorsqu'elle l'accompagne durant ses conférences d'expert en économie aux interventions fort bien rémunérées. En effet, même après l'affaire Nafissatou Diallo, même après son éviction du FMI et de la politique française, même mis en cause dans l'affaire de proxénétisme du

Carlton de Lille, Dominique Strauss-Kahn est encore très demandé de par le monde. Et même lâché par Anne Sinclair, il parade toujours en bonne compagnie dans les soirées. Bref, rien ne semble pouvoir altérer son aura. Il paraît tout simplement indestructible.

« Le meilleur moment de l'amour, c'est quand on monte l'escalier. »

Georges Clemenceau

De son côté, Johnny Cloutier assiste de loin à la vie « jet-set » que l'amant de sa femme offre à cette dernière. DSK avait promis la « célébrité » à sa nouvelle compagne : la télévision et la presse démontrent régulièrement qu'il tient sa promesse. Ainsi le 26 mai 2013 au festival de Cannes. Il est 21 h 15 ce samedi soir lorsque le couple se présente, tout sourire. Entourés de gardes du corps comme deux stars de cinéma, ils foulent le tapis rouge, radieux, visiblement complices, sous les crépitements des flashs. Lui porte le smoking de bonne facture qui est de rigueur, elle est moulée dans une robe noire qui met sa fine silhouette en valeur. Ils viennent assister à la projection du film de Jim Jarmusch, *Only Lovers Left Alive*, une histoire de vampires dont on pourrait traduire le titre par « Seuls les amoureux ont survécu ». À la fin de la projection, le couple s'éclipse par la sortie des artistes où sont postées trois caméras. L'ancien ministre ne répond à aucune question mais il lance un tonitruant « Bonne soirée ! », à l'évidence ravi de son effet, avant de rejoindre tranquillement sa limousine avec chauffeur. Une fois assis, il se tourne vers l'extérieur et laisse échapper un sourire entendu.

Cette apparition décomplexée à Cannes ne doit rien au hasard. Elle résonne même comme une provocation car c'est lors du festival qu'a été présentée la bande-annonce sulfureuse du film d'Abel Ferrara sur l'affaire du Sofitel, *Welcome to New York*, avec Gérard Depardieu dans le rôle principal. Détail piquant : le long métrage était en vente au marché du film, destiné aux professionnels, à quelques mètres du Palais des festivals où DSK se montrait en compagnie de Myriam L'Aouffir. Clin d'œil à leur bon coup : deux jours plus tard, sur son compte Twitter, la jeune femme remercie le styliste Jean-Paul Gaultier et le bijoutier Édouard Nahum, fournisseur des stars sis avenue Franklin-Roosevelt à Paris, de lui avoir prêté robe et bijoux pour cette occasion particulière.

En juin 2013, les deux amoureux s'installent à plusieurs reprises dans les tribunes de Roland-Garros. Les caméras ne manquent pas de les montrer en gros plan lors des changements de côté des joueurs de tennis. Pendant ce temps, Johnny Cloutier garde les enfants.

Indestructible DSK, revanchard et satisfait. Il s'affiche désormais partout en complète décontraction, souverain, et plus séducteur que jamais. « Il avait à nouveau ce sentiment d'impunité totale que nous lui avions toujours connu, raconte aujourd'hui un de ses anciens compagnons de route. Dominique pense que tout lui est dû. Surtout après les terribles humiliations des affaires du Sofitel et du Carlton de Lille[1]. Il était pressé de prouver à la Terre entière qu'il pouvait séduire une jeune et jolie femme, qu'il n'avait pas besoin de payer pour avoir à son bras une belle compagne. » Tel Louis XIV, en 1667, ravissant au malheureux marquis de Montespan sa douce Athénaïs – épouse et mère de ses deux enfants – pour en faire sa maîtresse officielle, Dominique Strauss-Kahn, roi déchu du FMI, montre qu'il est toujours là. Et comme le Roi-Soleil étonné que Montespan refuse de voir comme un honneur l'infidélité royale de sa

1. L'ancien ministre, ainsi que 13 autres prévenus, a été mis en examen pour « proxénétisme aggravé en réunion » dans l'affaire du Carlton de Lille.

femme, DSK comprend mal l'attachement obstiné de Johnny Cloutier à Myriam.

Car le mari éconduit ne renonce pas à récupérer son épouse, et il le lui fait savoir au téléphone, lorsqu'ils se croisent autour des enfants, bref, chaque fois qu'il a la possibilité de communiquer, même de loin, avec elle. Évidemment, il connaît son caractère bien trempé, il sait qu'elle ne fait que ce qu'elle veut. Il sait aussi qu'elle a du charme à revendre et que son amant ne peut qu'en être ravi. Myriam L'Aouffir ne manque pas non plus d'ambition. D'ailleurs, elle se languit à France Télévisions : « En réalité, précise un salarié du groupe, son job se limite souvent à faire une revue de presse des articles publiés sur Internet. Mais difficile de lui faire la moindre remarque ! Elle est la compagne de DSK. Une situation embarrassante pour tout le monde. »

*
* *

Entrée comme stagiaire au service de la communication de France 2 en 1995, la jeune femme a réussi à se constituer un joli carnet d'adresses. Parmi ses proches, on trouve les humoristes Gad Elmaleh ou Jean-Marie Bigard. Elle est par ailleurs la fondatrice d'une association humanitaire en faveur des enfants défavorisés du Maroc, Juste pour eux, qui compte parmi ses parrains et ses membres une pléiade de VIP, dont la célèbre voix des « Guignols de l'Info » Yves Le Coq et l'écrivain Tahar Ben Jelloun. C'est d'ailleurs par le biais de cette organisation que Myriam a rencontré DSK des années plus tôt. Elle-même en couple depuis sa jeunesse avec Johnny Cloutier, elle n'a pas vu comme un obstacle la présence stable d'une épouse, Anne Sinclair, dans la vie de son amant. Il vivait à sa guise de son côté, souvent, et grâce à lui, Myriam a goûté au luxe et aux facilités que procure le pouvoir.

Au début de l'année 2011, alors que Dominique Strauss-Kahn dirige encore le FMI, s'esquisse pour Myriam la perspective de voir bientôt son ami à l'Élysée, et elle pas très loin. Au service de sa communication, par exemple. Le projet n'a rien de farfelu : en France, Nicolas Sarkozy est de plus en plus critiqué pour son autoritarisme maladroit et l'existence confortable qu'il mène avec son épouse fortunée, Carla Bruni-Sarkozy, alors que les entreprises ferment les unes après les autres et que le taux de chômage ne cesse d'augmenter. Il ne parvient pas à se dépêtrer de la crise tandis que DSK, lui, œuvre depuis le cœur de la planète, personnage central parmi les puissants, pour relancer la machine économique mondiale. Le directeur général du FMI est reconnu partout pour ses compétences, d'ailleurs la France les a déjà utilisées puisqu'il a été ministre des Finances du gouvernement Jospin. S'il y a une primaire socialiste, les électeurs le choisiront comme candidat, tous les sondages concordent. Décidément, la voie de la présidence semble toute tracée et Dominique Strauss-Kahn peut se permettre de plaisanter avec légèreté sur ce jour de mai 2012 où « nous ferons la plus belle fête que l'Élysée ait jamais connue ». Son rêve, qui est aussi celui de Myriam L'Aouffir, même si son mari l'ignore alors, se brise net le 14 mai 2011 dans la suite 2806 du Sofitel de New York.

*

* *

À l'heure du café, Johnny Cloutier allume la télévision sur une chaîne d'information continue. Comme tout le monde, il va assister, médusé, à l'incroyable chute d'un des hommes les plus puissants de la planète.

Il est 16 h 40 à l'aéroport new-yorkais John-F.-Kennedy lorsque Dominique Strauss-Kahn s'apprête à embarquer dans le vol Air France à destination de Paris. C'est qu'il est attendu en Europe : d'abord, dès le lendemain, il doit rencontrer la chancelière allemande Angela Merkel, puis, le surlendemain, les ministres des Finances de la zone euro à Bruxelles. Quelques heures plus tôt, il a déjeuné avec sa fille Camille. C'est d'ailleurs pour retrouver celle-ci qu'il est venu passer trois jours à New York. Il a séjourné dans le très luxueux hôtel Sofitel situé sur la 44e rue Ouest, à deux pas du mythique Central Park. En grimpant dans un taxi pour rejoindre l'aéroport, il a téléphoné à la réception afin de signaler qu'il a oublié dans la suite 2806 l'un de ses appareils mobiles. Un coup de fil qui permet de le localiser, la police étant déjà lancée à ses trousses. Mais également un coup de fil qui le disculpe, selon les arguments aussitôt avancés par sa défense, une preuve qu'il ne cherche pas à fuir, qu'il ignore les accusations qui vont bientôt causer sa perte, et pour cause : il ne voit pas du tout de quoi il devrait être accusé.

Nafissatou Diallo, elle, a son idée sur la question. Il s'agit de viol et de tentative de viol. Il l'a forcée à lui faire une fellation, puis il a tenté de la retourner sur le lit avant qu'elle parvienne à s'enfuir. La réalité du rapport sexuel est vite démontrée par la police, reste à savoir s'il était consenti ou non. De toute façon, il faut interroger le suspect sans attendre. Le cueillir d'urgence avant qu'il quitte le pays, sinon il pourrait décider de fuir la justice.

En cette fin d'après-midi aux États-Unis, milieu de matinée en France, les images de Dominique Strauss-Kahn menotté, tête basse, défilent en boucle sur les écrans de télévision du monde entier. Car il s'agit bien du directeur général du Fonds monétaire international qui vient d'être arrêté ! Pour les Français, il s'agit surtout du très probable adversaire de Nicolas Sarkozy à la présidentielle de 2012. L'hypothèse d'un complot surgit déjà, car enfin, que sait-on de cette Nafissatou Diallo ? Qu'elle est femme de ménage, d'origine guinéenne, bon. Bientôt, on apprendra aussi qu'elle élève seule sa fille de quinze ans et qu'elle vit dans le Bronx, le quartier le plus mal famé de la ville. Un quartier dont on ne s'extrait pas facilement avec un salaire de misère, a fortiori lorsqu'on est noir et peu éduqué. C'est le cas de la victime présumée. Or on sait comment fonctionne la justice américaine dans ce genre d'affaire de mœurs : la négociation est toujours possible. Alors que l'enquête ne fait que débuter, l'opinion publique est déjà partagée en deux clans. D'un côté ceux qui affirment que Nafissatou Diallo a piégé DSK, encouragée ou non par les adversaires politiques de ce dernier, de l'autre ceux qui disent que oui, il est tout à fait probable que le directeur général du FMI, sur un coup de folie, ait agressé la jeune femme.

Dans un premier temps, Myriam L'Aouffir, elle, n'a pas d'avis. Elle est trop impliquée émotionnellement pour parvenir à réfléchir sereinement à l'affaire. Elle est amoureuse, quoi qu'il arrive, amoureuse au point de faire preuve d'une indulgence sans bornes… Face aux images de son amant défait après une nuit en cellule au commissariat de Harlem, elle est dans le déni, exactement comme le sera son mari face aux photos publiées par *VSD*. L'homme qu'elle aime est accusé par une femme de l'avoir violée et brutalisée. Myriam n'y croit pas. À la rigueur, elle se dit que l'ex-probable candidat à l'Élysée a cédé à ce sentiment de surpuissance qui peut conduire des vedettes de la politique ou du show-biz à voir dans toute femme une groupie, à interpréter la simple présence d'une personne de sexe féminin comme une invitation à la séduction, et même à un rapport. Mais elle ne peut supporter la thèse selon laquelle il serait un prédateur sexuel prêt à fondre sur la moindre proie qui se trouve à sa portée. Le Dominique Strauss-Kahn qu'elle fréquente n'est pas cet homme-là.

Au terme de la phase initiale de l'enquête, le procureur Cyrus Vance J^r^ engage une procédure pénale contre DSK. Sept chefs d'inculpation pèsent sur ce dernier, dont « acte sexuel criminel », « tentative de viol », « abus sexuel » et « séquestration ». Le procureur a déjà en main des éléments que le reste du monde ignore. D'abord le compte rendu de l'examen pratiqué sur Nafissatou Diallo quelques heures après l'agression présumée : elle présente des traces de contusions, de douleurs musculaires et une rupture du ligament de l'épaule gauche, ainsi que des rougeurs sur la zone vaginale. Ensuite, le témoignage des collègues de la femme de ménage. Ils disent l'avoir trouvée prostrée dans un coin, crachant par terre, essayant de se faire vomir, dans un état d'agitation tel qu'elle parvenait difficilement à parler. Enfin, un précédent…

En effet, aussitôt connus les événements du Sofitel, une autre affaire de violence sexuelle a resurgi. Journaliste et écrivaine, fille d'un homme d'affaires franco-marocain et d'Anne Mansouret, une femme politique socialiste, Tristane Banon aurait subi une tentative de viol de la part de DSK alors qu'il était député du Val-d'Oise et responsable du PS. Les faits se seraient produits en février 2003 dans un appartement cossu du VIe arrondissement de Paris où elle était venue l'interviewer. Il se serait jeté sur elle, elle se serait débattue, aurait quitté les lieux le plus vite possible, fin de l'histoire. En effet la mère de Tristane

Banon, alors élue socialiste au Conseil général de l'Eure, l'a découragée de porter plainte. Mais dès l'arrestation de DSK par la police new-yorkaise, Anne Mansouret affirme à quel point elle regrette d'avoir incité sa fille au silence. Et elle approuvera bientôt la décision de celle-ci : le 4 juillet 2011, huit ans après les faits, Tristane Banon déposera plainte pour « tentative de viol ». Une enquête préliminaire sera ouverte quatre jours plus tard et Anne Mansouret sera entendue par la Brigade de répression de la délinquance contre la personne. Elle confirmera les affirmations de sa fille et ajoutera qu'elle a elle-même vécu un « rapport sexuel brutal » avec DSK, dans le bureau de l'OCDE qu'il occupait en 2000. Un rapport consenti, certes, mais resté unique à cause de la violence de son partenaire. Elle le décrira clairement comme un homme incapable de réfréner ses pulsions. Si elle a voulu étouffer une possible affaire Tristane Banon en 2003, c'est d'une part parce que DSK avait échoué à violer Tristane, d'autre part pour éviter de blesser des proches. En effet, les deux familles étaient liées : Anne Mansouret était l'amie de Brigitte Guillemette, ex-épouse de DSK et marraine de Tristane... Une amitié qui vole en éclats dès ce printemps 2011 : les femmes du clan Strauss-Kahn font corps autour de leur homme et portent plainte contre Anne Mansouret pour diffamation. De son côté, DSK se retourne contre Tristane Banon pour dénonciation calomnieuse. Face aux enquêteurs, il admettra qu'il a tenté d'embrasser la jeune femme, sans succès, mais qu'à part ça, « l'entretien s'est déroulé normalement ».

Dans l'affaire du Sofitel, Dominique Strauss-Kahn nie d'abord le rapport sexuel, puis il admet qu'il a eu lieu mais il affirme qu'il était « librement consenti ». Il passe plusieurs nuits à la prison de Rikers Island, puis il est placé en résidence surveillée à Broadway avant de s'installer dans une maison de TriBeCa. C'est que la procédure pourrait durer quelque temps, tout de même. D'un côté, la justice est incapable de produire la preuve du viol, de l'autre elle refuse pour l'instant de lui rendre son passeport.

Le 23 août 2011, à la demande du procureur, le juge abandonne les charges pénales contre DSK. Celui-ci est libre de rentrer en France, ce qu'il fait deux semaines plus tard, non sans être passé par Washington afin de présenter ses excuses à ses anciens collaborateurs du FMI. L'affaire n'est pas encore terminée pour autant : Nafissatou Diallo dépose une plainte au civil pour agression sexuelle, DSK porte plainte contre elle pour dénonciation infondée et diffamation. Les tractations financières commencent entre les avocats américains des deux parties ; Dominique Strauss-Kahn, lui, joue au chat et à la souris avec les journalistes qui le traquent en permanence. En décembre 2012 enfin, le juge chargé de l'affaire à New York entérine la transaction qui clôt le dossier. Nafissatou Diallo a touché un million cinq cent mille dollars, dont un tiers pour ses défenseurs, toutes les procédures sont arrêtées. Il n'y a pas eu de procès. L'ex-patron du FMI, qui a désormais tout perdu, n'a jamais donné publiquement sa version des faits.

Aujourd'hui encore, ce qui s'est passé exactement le 14 mai dans la suite, personne ne le sait hormis Nafissatou Diallo et l'accusé lui-même. Cependant, quelques-uns des proches de ce dernier nous rapportent cette confidence stupéfiante : « Quand je suis sorti de la salle de bains, nu, elle était là, plantée dans ma chambre. Elle ne bougeait pas. Je suis retourné mettre un peignoir pour me couvrir et quand je suis revenu, elle était encore là. Je lui ai dit de venir, elle ne bougeait pas, j'ai cru comprendre qu'elle était d'accord... » Ce grand séducteur en est persuadé : il est irrésistible, c'est tout simplement indiscutable. Et il aime le sexe, rien de honteux à cela en effet. Alors pourquoi se priver d'un moment de félicité lorsqu'il se présente, quelle que soit la partenaire qui s'avance ? Un de ses conseils en communication, arrivé dès le lendemain de son arrestation à New York, lui lancera en découvrant la photo de Nafissatou Diallo : « Quoi ! C'est pour elle que tu as ruiné ta carrière politique et ta vie ? » Une phrase lourde de sous-entendus. Puisque Dominique Strauss-Kahn peut avoir toutes les femmes qu'il veut, pourquoi prendre le risque d'une agression susceptible d'être révélée ? Et pourquoi sur une femme banale, voire laide ? Par ailleurs, s'il ne l'a pas violée, pourquoi avoir eu un rapport sexuel avec elle ? Le brillantissime DSK, celui qui suscite tant de passions, se serait écrasé en plein vol « pour elle » ? Quelques semaines plus tard, David Koubbi, l'avocat de Tristane Banon, déclarera à la presse[1] que « Nafissatou Diallo a un physique qui est le sien, elle n'est ni repoussante ni particulièrement imposante ». Il rentrait de New York où il avait rencontré la plaignante décrite par la défense comme une femme « grande et costaude », donc tout à fait capable de résister à Dominique Strauss-Kahn. Car telle était la ligne suivie par les avocats du politicien : difficile d'imaginer, selon eux, que leur client ait pu agresser une femme aussi solide physique-

1 *France-Soir*, 24 juillet 2011.

ment, en plus ni belle ni bien née. Comme si seuls les canons de beauté subissaient les assauts sexuels des violeurs…

Au final, Tristane Banon n'obtiendra pas gain de cause, même si le parquet reconnaîtra qu'il y a bien eu, ce jour de février 2003, une agression sexuelle. Nous sommes alors en octobre 2011, les délais de prescription sont passés. L'affaire restera sans conséquences pour DSK sur le plan pénal, mais peut-être pas sur le plan de son image auprès du grand public et de son épouse, Anne Sinclair.

*
* *

Elle l'a tant aimé. Elle lui a tant pardonné. Apparemment, lorsqu'on vit avec un homme aussi exceptionnel, « *Bigger than life* », comme disent les Américains, un être capable de subjuguer des assemblées entières, un politicien qui a réussi à attiser l'envie de la majorité, on peut réussir à fermer les yeux sur ses incartades. Quand *Paris Match* publie en une, comme en avril 2011, « Présidentielle 2012, sauf pour DSK, rien n'est joué », on ne peut pas lui demander de se comporter comme un mari ordinaire. Et tant pis s'il faut parfois serrer les dents, garder le sourire et faire comme si. Tant pis si, certains soirs, on peine à trouver des excuses à l'absent et à gober ses alibis pas toujours très élaborés. Le pouvoir et le charisme peuvent faire des miracles sur les consciences féminines, y compris les plus aiguisées.

Enfin, jusqu'à un certain point… Voilà un mois que la journaliste et son mari sont rentrés en France, et leur vie est un enfer. Elle est restée solidaire de son époux depuis le début. Elle s'est tenue droite, tête haute, elle a même réussi à sourire aux photographes. Elle a sorti son chéquier pour régler les honoraires des avocats et la maison de TriBeCa où son couple s'est réfugié en attendant la fin de la procédure pénale. Elle a partagé l'enfermement de son mari, la pression des médias, elle est parvenue à maintenir le clan soudé afin que son époux, ébranlé par la perte de son poste au FMI et l'épreuve de Rikers Island, garde le moral du combattant qu'il a toujours été. En cette fin d'année 2011, de retour à Paris, elle subit les assauts continus des paparazzis. Ces derniers campent place des Vosges, au pied de leur appartement, les commerçants du coin commencent même à se plaindre de l'agitation ! Alors que les charges pénales ont été abandonnées contre son mari à New York, elle sait bien que le soupçon d'agression sexuelle est constamment présent dans les esprits, d'autant que DSK a reconnu avoir eu un rapport avec

Nafissatou Diallo. Aux yeux des Français – qui ont toujours eu une opinion très positive d'elle malgré les frasques de son mari –, Anne Sinclair est désormais l'épouse d'un homme qui a un problème avec le sexe. Une opinion que vient maintenant conforter l'affaire du Carlton de Lille…

Mis en examen pour proxénétisme, le chargé de relations publiques de l'hôtel est accusé d'avoir fourni des *escort girls* à de nombreuses personnalités, treize en tout, parmi lesquels l'ex-directeur du FMI et bien des messieurs influents, hommes d'affaires ou hommes de loi. La mise en examen de Dominique Strauss-Kahn lui-même intervient le 26 mars 2012 seulement, lorsqu'il est devenu impossible d'ignorer les preuves accablantes réunies au cours de l'enquête : la justice a mis la main sur quantité de SMS évoquant la préparation des parties fines avec des « filles » aussi appelées « copines » ou même « matériel ». Les rendez-vous ont eu lieu à Washington en marge des réunions du FMI, mais aussi ailleurs dans le monde, à la faveur des déplacements du directeur général de l'organisation, et avaient tous, présume-t-on, un objectif clair et précis : satisfaire DSK en vue d'obtenir ses faveurs dans le cadre de leurs activités économiques. D'ailleurs, après l'arrestation de Dominique Strauss-Kahn, ces rendez-vous ont brutalement cessé.

Pour Anne Sinclair, c'est l'affaire de trop. En juillet 2012, un peu plus d'un an après les scandales Nafissatou Diallo et Tristane Banon, la troisième et dernière épouse de DSK à ce jour jette l'éponge. Elle rompt avec celui qui est son mari depuis vingt et un ans, elle lui rend sa liberté pleine et entière. À lui d'en faire ce qu'il entend, avec la femme de Johnny Cloutier ou avec n'importe quelle autre, femme amoureuse, courtisane des temps modernes ou même prostituée du réseau du Carlton ! Leur vie commune est terminée, d'ailleurs Anne a repris bravement son métier de journaliste à la tête de la version française du site d'information le *Huffington Post* et s'en trouve très bien.

« J'ai payé au sens propre comme au sens figuré », a-t-elle alors confié à la journaliste Michèle Cotta qui nous le rapporte[1]. Ce n'est pourtant pas faute d'avoir été avertie. Jacqueline Chabridon[2], qui fut une conseillère très écoutée de Michel Rocard, et dont l'influence auprès de certains leaders du PS est restée grande, témoi-

1. Entretien avec l'auteur.
2. Entretien avec l'auteur.

gne : « Avec quelques amies, nous avions conseillé à Anne Sinclair d'ouvrir les yeux en la mettant en garde contre la légèreté de Dominique. En vain. » L'échange suivant, retranscrit dans *L'Express* en juin 2006, le confirmait : « Souffrez-vous de la réputation de séducteur de votre mari ? » avait demandé le journaliste de l'hebdomadaire à l'épouse de Dominique Strauss-Kahn. La réponse de cette dernière avait fusé : « Non, j'en suis plutôt fière. » L'image publique d'Anne Sinclair n'en avait pas souffert. Elle n'avait pas eu à se justifier de partager la vie d'une personnalité aussi litigieuse. D'ailleurs, si elle partageait sa vie, c'est bien qu'il n'était pas si mauvais, non ? Mais après le Sofitel, après le Carlton, après les attaques de Tristane Banon, en justice cette fois, et face aux médias encore, comment nier l'évidence ? Et comment nier qu'elle était directement touchée ? Elle n'a pas essayé.

*
* *

Selon ses proches, la journaliste n'a pas supporté l'image fracassante de son couple propagée par les médias. Jusqu'alors, le « secret » de DSK, son appétit sexuel dévorant, était resté secret, en effet. Tristane Banon n'ayant pas porté plainte en 2003, ses paroles n'avaient pas recueilli beaucoup de crédit. La jeune femme paraissait tellement fragile, peu sûre d'elle, elle se condamnait elle-même à passer pour une affabulatrice. Il y avait bien eu le livre de Christophe Deloire et Christophe Dubois, *Sexus politicus*[1], sorti en 2006 : les auteurs évoquaient clairement le cas de Tristane Banon et l'attitude entreprenante de DSK avec les femmes journalistes en général. Frileux, les médias n'avaient pas insisté sur la révélation. Pour Anne Sinclair, l'affaire Banon était bel et bien classée. La vie privée de son mari, et donc la sienne, pouvaient rester privées. Seulement avec le Sofitel, puis le Carlton, elle, idole de la télévision, reconnue pour ses qualités professionnelles, sa culture, son intelligence, s'est vue psychanalysée par la Terre entière. Lui, potentiel successeur de Nicolas Sarkozy à la tête de l'État français, a été réduit par les commentateurs de la vie publique à l'exemple parfait du pervers compulsif. Un homme atteint, selon Michel Rocard, « d'une maladie mentale, incapable de maîtriser ses pulsions[2] ». De l'avis de tous, publié dans les colonnes des journaux, sur

1. Christophe Deloire et Christophe Dubois, *Sexus politicus*, Éditions Albin Michel, 2006.

2. Déclaration dans l'émission « Le Grand Journal » de Canal+, le lundi 29 août.

Internet, sur les écrans de télévision, Anne Sinclair ne pouvait pas ignorer ce qu'une bonne partie de la classe politique et de la presse savait depuis longtemps. L'opinion publique ne l'a pas comprise. Les féministes l'ont jugée faible, dépendante de ses sentiments pour un homme qui ne la respectait pas, ou en tout cas un homme qui ne la protégeait pas des conséquences désastreuses de ses travers. À l'évidence, en imposant à la presse le silence, DSK ne cherchait qu'à épargner sa carrière et son ego.

« Tout le monde peut faire des erreurs et les imputer à autrui : c'est faire de la politique. »

Georges Clemenceau

Le premier à avoir tenté de pointer un « problème DSK » se nomme Jean Quatremer[1], aujourd'hui correspondant de *Libération* à Bruxelles. Nous sommes en juillet 2007, loin encore des affaires qui vont précipiter la perte de DSK, mais déjà, pour le journaliste politique, cette omerta est insupportable. Sur son blog, il évoque le comportement de l'ancien ministre des Finances. Il écrit : « Le seul vrai problème de

1. Entretien avec l'auteur.

Strauss-Kahn est son rapport aux femmes. Trop pressant, il frôle souvent le harcèlement. Un travers connu des médias, mais dont personne ne parle – “on est en France !”. Or, le FMI est une institution internationale où les mœurs sont anglo-saxonnes. » Ainsi, il estime que le voile sera bientôt levé sur la personnalité de DSK. Chez les Anglo-Saxons en effet, la presse révèle sans vergogne même ce qui touche à la vie privée lorsque la morale est en cause. Pire, on expie ses péchés de chair en public, tel Bill Clinton après l'affaire Monica Lewinsky en 1998.

Mais Dominique Strauss-Kahn n'a pas l'intention d'« expier » quoi que ce soit, à l'époque. Dès la parution de l'article de Jean Quatremer, la machine à déminer se met en marche. Le journaliste confie avoir reçu un coup de téléphone menaçant de Ramzi Khiroun, un conseiller de DSK, spécialiste de la communication et du lobbying, au cœur de nombreux réseaux. Entre les reproches et la mise en garde, Jean Quatremer réalise la puissance et l'influence de l'homme politique qu'il n'a pourtant que timidement mis en cause. Il s'étonne que peu de médias reprennent son information et que le directeur de la rédaction de *Libération*, Laurent Joffrin, à l'époque, ne le soutienne que mollement. Visiblement, le sujet est sensible.

Cependant les faits sont têtus, autant que Jean Quatremer qui poursuit ses investigations. Dès septembre 2008, il apprend qu'une enquête interne est menée par le FMI sur DSK en raison de sa liaison avec Piroska Nagy, une économiste employée de l'organisation. Le scandale sort sous la plume de Marcelo Wesfreid, dans *L'Express*. En février 2009, celui-ci publie le témoignage de l'économiste hongroise. Dans une lettre envoyée le 20 octobre 2008 aux enquêteurs mandatés par le FMI, la jeune femme affirme que DSK a abusé de sa position pour entrer en relation avec elle. Et de poursuivre : « Je n'étais pas préparée aux avances du directeur général du FMI. [...] J'avais le sentiment que j'étais perdante si j'acceptais, et perdante si je refusais. » Là encore, l'entourage de l'ancien ministre s'active pour signifier à Marcelo Wesfreid qu'il a outrepassé sa mission. Le journaliste[1] constate : « J'ai été mis au ban par certains "strausskahniens" qui me reprochaient mon enquête. Quand on suit la gauche, c'est déstabilisant de s'entendre dire par des députés proches de Strauss-Kahn qu'ils ne vous pardonneront jamais, puis d'être blacklisté par le probable candidat du PS à l'élection présidentielle qui s'annonce... »

1. Entretien avec l'auteur.

Pour les communicants qui épaulent leurs politiques comme s'ils étaient des chevaux de course, la presse sert à relayer les informations qui peuvent faire gagner leurs pur-sang. Journaliste au service politique du *Figaro*, Nicolas Barotte[1], aujourd'hui correspondant du quotidien à Berlin, se souvient parfaitement d'avoir abordé « cette question sensible » avec l'entourage de DSK. La première fois, c'était durant les primaires du parti socialiste en… 2006. Il reçut cette réponse : « Si le sujet vient sur la table, on expliquera : nous sommes en France et Dominique aime les femmes. » Des années plus tard, le patron du FMI est devenu l'homme incontournable. Ne surtout pas fouiner dans les paddocks. Rien n'est donc laissé au hasard.

Matthieu Croissandeau, rédacteur en chef au *Parisien*, raconte lui aussi le système mis en place par DSK. « Fin 2009, je travaillais alors au *Nouvel Observateur* et j'avais écrit un petit article pour souligner l'absence de DSK dans la vie politique française. Rien de bien grave. Je reçois dans la foulée un appel de son entourage, qui me prévient tout de suite : "On n'est pas contents de ton article." » « Exilé » aux États-Unis depuis la fin 2007, Dominique Strauss-Kahn est officiellement chargé de régler la crise financière

1. Entretien avec l'auteur.

mondiale, mais à Paris, ses conseillers veillent à ce que les médias dits « proches de la gauche » fassent sa promotion en vue de 2012. « Ils voulaient savoir si j'étais avec eux ou contre eux », résume Matthieu Croissandeau. Stupéfait par ces méthodes d'intimidation, le journaliste clôt la discussion. Deux ans durant, le contact restera interrompu. Nicolas Barotte réalise également à quel point l'entourage de DSK se montre pressant, voire menaçant. « Je devais l'interviewer pour un sujet de politique générale. C'était en 2010. L'affaire Piroska Nagy avait fait la une en France, se rappelle-t-il. J'ai été prévenu : si tu y fais référence dans ton papier, il ne te parlera plus. » Préparés à entrer en guerre contre Nicolas Sarkozy, les communicants du patron du FMI mettent tout le monde en garde : « Si les affaires de femmes de Dominique sortent, on répliquera. Nous aussi, nous avons des dossiers. »

*

* *

Cette pression continue exercée sur les médias a protégé, un temps, l'homme qui aimait trop les femmes, ou trop mal. Surtout, elle a entretenu chez l'ancien ministre des Finances l'idée que rien n'est grave. Que tout finit par être noyé dans le flux continu de l'information. D'autant que la fascination qu'il a longtemps exercée sur le sexe faible fonctionnait aussi sur certaines journalistes. Dans leur ouvrage intitulé *Les Strauss-Kahn*[1], Raphaëlle Bacqué et Ariane Chemin révèlent que cet amateur d'échecs aime pratiquer « le touché-coulé », une sorte de bataille navale où conquérir les femmes est d'abord un jeu, mais où ce sont toujours elles qui font naufrage. Les liens entre les acteurs de la politique et ceux chargés de rendre compte de leurs actions sont évidemment délicats, parfois empreints d'admiration face à ces forces de la nature, machines à plaire qui serrent les mains et séduisent comme d'autres vissent des boulons. Automatiquement. Sans états d'âme. À la chaîne.

Antoine Guiral[2], qui travaille à *Libération* depuis des années, reste fasciné par la folie qu'engendre le pouvoir : « Les politiques deviennent facilement dingues. Ils essayent de nous aspirer avec eux, nous les journalistes. Ils essaient de nous faire croire que nous sommes des leurs. » L'ancien chef du service politique du quotidien garde en mémoire un déjeuner organisé par DSK et plusieurs de ses confrères le 28 avril 2011, soit quinze jours avant l'arresta-

1. Éditions Albin Michel, 2012.
2. Entretien avec l'auteur.

tion de ce dernier. « Durant ce repas confidentiel, il nous a réunis dans un restaurant parisien pour préparer son retour en France. Nous avons abordé ses points faibles. Il nous a parlé des rumeurs lui prêtant un goût pour ce qu'il a appelé “les parties fines” et les femmes. Et il a conclu la discussion par ces mots : “Eh bien, si des témoins ont des photos, qu'ils les publient. Mais personne n'osera le faire.” » De retour à la rédaction, tous sentent qu'ils ont des informations énormes. « On n'a rien écrit, parce que c'était du *off*, souligne Antoine Guiral. Un entretien informel. Voilà. Il n'y avait aucune consigne de la rédaction en chef. J'y repense parfois. Si c'était à refaire, je ne sais pas… » Selon l'ancienne ministre Roselyne Bachelot[1], cette histoire a été terrible pour tous : « Pour Anne Sinclair humiliée publiquement, pour certains médias qui ont caché ses turpitudes, et pour la France. »

*

* *

Dans l'affaire DSK, comme dans celle de François Hollande, la question de la vie privée des hommes politiques ne cesse de revenir dans

1. Entretien avec l'auteur.

le débat public. Que doivent révéler les médias ? Quelle est la limite à ne pas dépasser ? Pour certains acteurs, les choses ont réellement changé. Aujourd'hui, les électeurs veulent tout connaître de l'intimité de leurs élus. « En réalité, le traumatisme engendré par l'affaire Mazarine et Mitterrand a frappé les Français, analyse une éditorialiste. Personne n'a réalisé l'impact sur le moment : on s'est gargarisé de la supposée indifférence de nos concitoyens. Mais on voit bien que désormais, ils suivent avec beaucoup d'attention les articles consacrés à la liaison cachée de Hollande et Gayet, comme hier l'affaire DSK. » Et même si, en effet, l'ogre médiatique avale, digère, recrache et avale de nouveau des informations fraîches, même si le temps passe et efface l'essentiel, il y a des faits et des mots qui demeurent, taches indélébiles sur les CV des plus capés.

Dans la première interview en anglais qu'il ait donnée depuis sa démission forcée du FMI[1], deux ans après l'affaire du Sofitel de New York, Dominique Strauss-Kahn a estimé qu'il n'avait « pas de problème particulier avec les femmes ».

1. Entretien diffusé le 10 juillet 2013 sur CNN.

Avant d'ajouter qu'il avait « certainement un problème pour n'avoir pas compris que ce que l'on attend d'un homme de très haut niveau est différent de ce que peut Monsieur Tout-le-monde ». Cela fait tout de même un peu cher la leçon de vie, d'autant qu'il n'est pas le seul à l'avoir payée. Nafissatou Diallo s'est vue traitée de prostituée, de manipulatrice, d'escroc, notamment par sa famille demeurée en Guinée et par ses voisins du Bronx, jaloux de son argent et de sa notoriété. Pendant dix-huit mois, elle a vécu cachée parmi la communauté guinéenne de New York. Elle a attendu que le climat s'apaise pour emménager dans un appartement avec concierge à l'entrée : il fait le tri parmi les visiteurs. Ses avocats affirment qu'à l'instar de toutes les victimes de violences sexuelles, elle n'oubliera jamais. De son côté, Johnny Cloutier a tout perdu et vit maintenant dans l'indécision permanente. Myriam lui reviendra-t-elle ? Et si elle revient, saura-t-il encore lui accorder sa confiance ? Finalement Myriam L'Aouffir semble être la seule gagnante de la rocambolesque histoire DSK. Mais comment ne pas se demander… jusqu'à quand ?

Cela dit, en aventure comme en amour, il faut être deux, et soudain une question nous trotte dans la tête : Comment se comportent les femmes politiques avec les journalistes masculins ? Les invitent-elles à dîner en tête à tête ? Le problème mérite d'être étudié.

5

Aurélie Filippetti : un homme dans la poche

La photo va bientôt faire la une de la presse people. Bien que légèrement floutée et prise au téléobjectif, on y reconnaît Laurent Delahousse, la mèche blonde impeccable et le sourire enjôleur, assis à une terrasse de café, tenant amoureusement la main d'une femme élégante. Cette dernière, c'est Anne Hidalgo, candidate socialiste à la mairie de Paris.

Stop ! Cette couverture est une fiction et n'a aucune chance d'exister un jour. Comme, d'une manière générale, vous risquez de ne jamais croiser ce type de couple : un présentateur célèbre au bras d'une star de la politique. C'est en effet une curiosité de notre vie publique : les dames, fussent-elles à quelques marches du pouvoir suprême, n'attirent pas les journalistes. C'est bien injuste, mais c'est tout à fait avéré. Gérard

Carreyrou[1], chroniqueur sur Europe 1 et ancien directeur de la rédaction de TF1, confesse avec un brin de malice : « Aujourd'hui, pour un élu ou pour un ministre, sortir avec une journaliste est devenu une affaire de standing. » Soit. Mais l'inverse ? « Moi, tenté par une ministre ou une chef de parti ? Grand Dieu, non, jamais ! » nous répond Gérard Carreyrou. « Ni aucun de mes confrères, à ma connaissance. La seule que je trouvais attirante était Simone Veil. Mais c'était "Simone". Impensable de fantasmer sur elle. » Autre époque, autre génération mais même constat. Bruno Jeudy[2] affirme n'avoir jamais succombé au charme d'une élue : « C'est un interdit pour moi, même si certaines ont peut-être cherché gentiment à me séduire. Je tutoie d'ailleurs très peu d'entre elles. Seulement celles que j'ai connues avant que leur carrière n'accélère. »

« Pour elles, se demande Frédéric Gerschel[3], journaliste politique au *Parisien*, quel est l'intérêt d'avoir une histoire d'amour avec un journaliste ? Ce n'est ni prestigieux, ni socialement intéressant, si l'on excepte deux ou trois monstres sacrés de la télé. »

---

1. Entretien avec l'auteur.

2. Rédacteur en chef du *Journal du dimanche* (rappel). Entretien avec l'auteur.

3. Entretien avec l'auteur.

Abominables propos machistes ? Eh bien non. Les plus grandes actrices de la scène politique disent la même chose. Pour Roselyne Bachelot[1], par exemple : « Le pouvoir des femmes provoque l'effet inverse sur le sexe opposé. C'est plutôt inhibant. De manière générale le pouvoir est destructeur pour les couples. » Et de poursuivre : « Pour un politicien, un journaliste n'est jamais son ami. Chaque fois qu'il pourra le trahir, il le fera. Mieux vaut travailler en bonne intelligence avec eux. » Est-elle une séductrice ? « J'ai l'esprit de conquête », glisse-t-elle.

« Les femmes politiques accèdent au pouvoir par la partie virile de leur personnage, décrypte le psychanalyste Jean-Pierre Friedman[2]. Elles se battent avec les mêmes armes que leurs rivaux ou leurs collègues. Ce n'est, du coup, pas très sensuel pour les hommes journalistes. » Une réflexion que l'on pourrait adapter, aussi, au monde de l'entreprise.

La femme de pouvoir en héroïne castratrice ? On n'en est pas loin. Surtout en France, où le monde politique est d'une dureté toute particulière comparé à ce qui se passe chez nos voisins

1. Entretien avec l'auteur.
2. Entretien avec l'auteur.

européens. Il y a chez nous une surpopulation d'élus nationaux et locaux. Six cent mille au total, soit un pour cent habitants – un record mondial. Une armée de députés et de sénateurs, de conseillers municipaux, généraux, régionaux et même intercommunaux. Parmi eux, beaucoup n'ont que peu de responsabilités, ne décident de rien et ont du temps libre pour militer dans leur parti et faire parler d'eux à la petite semaine. Leur vrai pouvoir est de nuisance : c'est l'art de la petite phrase, de la confidence fielleuse distillée en « off ». En Allemagne et au Royaume-Uni, il y a une vie après la politique. Les anciens chanceliers Helmut Schmidt ou Gerhard Schröder ont abandonné l'arène après leur défaite. L'un pour diriger un journal, l'autre pour faire du lobbying et du business. Le Premier ministre britannique, lui, du jour où il a quitté Downing Street, n'a plus interféré une seule fois dans l'actualité de son pays. Par contraste, en France, on ne sort jamais complètement de la vie publique. Même battu, on se démène pour tenter de rester dans le jeu et être recasé, qui dans un parti, qui dans une collectivité locale, qui dans un « machin administratif » type Conseil économique et social.

Au final, un univers misogyne et violent, dans lequel il faut sans cesse jouer des coudes. Pour y survivre, les femmes doivent surdévelopper leur côté guerrier. La séduction y a sa part, et largement. « Mais elle n'est pas à connotation sexuelle, affirme Élisabeth Chavelet[1], rédactrice en chef adjointe à *Paris Match*. Beaucoup d'élues ont aussi une vie de famille. Et le risque est grand pour elles de se faire traiter de filles légères. » Or cela ne pardonne pas, contrairement à ce qui advient à un homme politique qui, en alignant les conquêtes, gagnera l'étiquette de don Juan. Injuste et éternel déséquilibre entre les deux sexes.

Du coup, à l'Assemblée, dans les ministères, dans les mairies des grandes villes, au siège de l'UMP, du PS ou des Verts, rares sont les femmes qui affichent leur charme avec aplomb, encore plus rares celles qui partent sans pudeur à l'abordage. Il y en a une – c'est Aurélie Fillippetti, une exception, un cas à part, une histoire explosive, on le lira un peu plus tard. Mais pour l'essentiel, les Françaises touchées par la passion de la politique se composent d'un savant mélange de caractère bien trempé et de connivence charmeuse. Sans jamais franchir la ligne jaune.

Même Nadine Morano – gouaille à revendre, blagues grivoises, tapes dans le dos – ne mélangeait pas le boulot et la passion amoureuse.

1. Entretien avec l'auteur.

Même Nathalie Kosciusko-Morizet. « Elle a un rapport direct avec les journalistes, quitte à surjouer son côté cool, explique le spécialiste de la droite d'un grand hebdomadaire. Un mélange de charme et de froideur. »

Ségolène Royal ? Elle cache mal son caractère directif. Nicolas Barotte[1] se rappelle, encore stupéfait, l'attitude de celle qui était alors candidate à l'élection présidentielle : « Avant le second tour, nous avions reçu un e-mail d'invitation pour un déjeuner informel dans son appartement. Je m'y suis rendu… et elle m'a viré ! "Vous, non !" Elle ne voulait pas du *Figaro* chez elle. »

Najat Vallaut-Belkacem ? La ministre des Droits de la femme et porte-parole du gouvernement, mère de deux jeunes enfants, est un alliage de distance et de candeur : « Elle m'a plusieurs fois demandé conseil, par texto, se souvient un vieux routier de l'information. Elle voulait tout simplement mon avis. »

Même l'ancienne secrétaire d'État aux Droits de l'homme puis aux Sports de Nicolas Sarkozy, Rama Yade, savait mettre les médias dans sa poche sans pour autant user de familiarité. Elle l'a montré en publiant dans son livre, *Carnets du*

1. Entretien avec l'auteur.

pouvoir[1], un florilège des textos que lui avaient envoyés plusieurs journalistes lors de l'intervention française en Libye, à propos de laquelle elle était en opposition avec son ministre de tutelle, Bernard Kouchner : « La tronche d'Hortefeux quand tu as dit non aux européennes. T'as tenu bon, chapeau ! », « Ras le bol des machos transfuges. Je vous embrasse », « Bravo à vous d'oser cette ambition décomplexée. Très bonne émission hier. »

Même Rachida Dati, dont le caractère explosif et les aventures bling-bling alimentèrent les journaux people, n'aura jamais osé passer la frontière au-delà de laquelle commence l'impudeur.

« On s'attaque à ta vie privée ? C'est que l'on ne trouve rien à redire à tes ouvrages. »

Sacha Guitry

Et puis il y a Aurélie Filippetti, ministre de la Culture et de la Communication. Normalienne et agrégée de lettres classiques, cette femme politique, belle et brillante, est un cas à part. Aurélie Filippetti est une passionnée. À l'image de sa carrière politique, rapide et âpre. Rien ne lui a

1. Éditions du Moment, 2013.

été donné, elle a tout conquis de haute lutte. Peu de femmes se sont autant battues qu'elle pour se tailler un fief électoral. Jeune militante écologiste dans les années 1990, élue conseillère municipale des Verts dans le Ve arrondissement de Paris en 2001, conseillère de Ségolène Royal en 2006, député PS de Moselle en 2007, réélue en 2012. Elle est l'auteur d'un émouvant roman autobiographique, *Les Derniers jours de la classe ouvrière*[1], d'ailleurs dédié à deux journalistes de *Libération.* L'élue socialiste y raconte la vie douloureuse de ses grands-parents fraîchement immigrés d'Italie en Lorraine. Une belle fresque sociale.

*

* *

Cette passion brûlante que la petite-fille de mineur met dans le militantisme politique, elle le met aussi dans ses sentiments amoureux. Un de ses proches nous confirme : « Aurélie est une hypersensible, dans un état quasi permanent d'inquiétude. Comme à la recherche d'un bonheur inaccessible. » L'esprit de conquête appliqué jusqu'au bout.

1. Éditions Stock, 2003.

Yves Cochet[1], qui fut ministre de l'Environnement de 2001 à 2002, comptait Aurélie Filippetti parmi les conseillères de son cabinet. Il se rappelle ses débuts : « Elle avait tout juste vingt-neuf ans. Elle avait une belle plume, une jolie apparence et un certain bagou. La plupart des mâles du parti socialiste étaient amoureux d'elle. Elle avait du succès et déjà elle savait attirer les médias. » Une petite décennie plus tard, Frédéric Mitterrand évoque dans son dernier livre, *La Récréation*, celle qui lui a succédé au ministère de la Culture. Il relate notamment avec beaucoup d'humour une séance de drague à l'Assemblée nationale : « Mardi 20 novembre 2010. Jean-Marie Bockel, en pleine séance de questions d'actualité où les deux clans s'invectivent (...) bombarde Aurélie Filippetti de petits messages galants que transmettent les huissiers. Elle y répond sans barguigner. »

Mais tout cela est gentillet à côté de la face peu connue d'Aurélie Filippetti, celle qui se révèle dans son deuxième roman. Une autofiction, comme on aime à définir aujourd'hui ce genre littéraire. Parler de soi sans jamais désigner les autres, comme l'ont fait Justine Lévy, Christine Angot ou Édouard Louis pour ne citer que les plus célèbres. Frédéric Mitterrand en avait

1. Entretien avec l'auteur.

fait les frais avec son roman *La Mauvaise Vie*[1]. « Mi-réelle, mi-rêvée » ; le récit de ses amours tumultueuses avait déchaîné un scandale deux ans plus tard, lorsqu'il fut nommé ministre de la Culture. Il dut ainsi se justifier, et faire publiquement la part du vrai et du faux de ce roman, qui mêlait fiction et autobiographie[2].

Ainsi, *Un homme dans la poche*[3] d'Aurélie Filippetti est la chronique fiévreuse d'un amour impossible, rythmé par des scènes d'un érotisme cru. Un livre choc et talentueux. Qui n'a pourtant eu qu'un succès d'estime assez confidentiel. « Et heureusement ! dit aujourd'hui, sans ironie, un élu écologiste. Vu les difficultés que traversent les Français, pas sûr qu'ils apprécieraient ce récit transgressif. » Yves Cochet tempère et compare ce livre « au roman érotique écrit par l'ancien président de la République, Valéry Giscard d'Estaing. » « Ce n'est quand même pas le marquis de Sade ! » ajoute-t-il. Ce n'est pas non plus la princesse de Clèves. Il s'agit du journal d'une liaison passionnée, au début des années

1. Publié aux Éditions Robert Laffont, 2005.
2. Intervention au journal télévisé de TF1 le 8 octobre 2009.
3. Éditions Stock, 2006.

2000, entre la narratrice et un reporter au service politique d'un grand quotidien étiqueté à gauche. Une plongée hallucinante et terriblement indiscrète dans la vie privée de cet homme marié et père de famille. Il est écrit à la première personne, mais l'auteur donne suffisamment d'indices pour être parfaitement reconnaissable : un grand-père antifasciste réfugié en France, une femme élevant seule son enfant, une féministe passionnée par Simone de Beauvoir, son âge…

Dans un *Homme dans la poche*, elle reproche à son amant de ne pas s'engager plus, de vouloir préserver sa famille, de ne pas oser franchir le pas. Par contraste, elle se révèle entière, refuse les concessions et les conventions. La future ministre de la Culture apparaît sous un jour stupéfiant. À l'époque, chez les Verts puis dans l'entourage de Ségolène Royal, ce fut la consternation. On se repassait avec un sourire en coin les passages les plus chauds du roman. On se mit à considérer l'auteur avec un autre regard… Pour les quelques personnes qui avaient les clés de l'histoire et donc l'identité de l'homme décrit dans le récit, le malaise grandissait : il s'agissait bien d'un journaliste en charge de suivre les Verts et le PS pour son quotidien de gauche. Confusion des genres, confusion des sens. Comment, pour ce professionnel respecté, allait-il être possible désormais de rapporter avec une totale objectivité l'actualité de ses rubriques ?

Aurélie Filippetti l'a reconnu dans un entretien donné au *Nouvel Observateur* en octobre 2012 : « Je n'écrirais pas ce livre aujourd'hui. Quand on est une personnalité politique, on ne peut pas montrer ses failles. » Trop tard ! a-t-on envie de lui répondre. Car en publiant son histoire, la responsable socialiste a déclenché une spectaculaire contre-offensive de l'épouse humiliée, à l'automne 2013, sous la forme d'un roman, *Moment d'un couple*[1]. Rapidement, le petit milieu parisien de l'édition et de la presse s'est mis à bruire de mille rumeurs sur les personnages que mettait en scène cet ouvrage signé Nelly Alard. L'ActuaLitté, le site d'informations consacré à l'univers des livres, lui a même dédié un article qui comparait les deux ouvrages : « Aurélie Filippetti, Nelly Alard : destins croisés autour de l'adultère. »

Car il n'a pas fallu longtemps aux initiés pour mettre un nom sur la célèbre femme qui se cachait derrière Victoire, amante prise dans un tourbillon passionnel avec un journaliste appelé Olivier, jusqu'ici bon mari et bon père. Nelly

1. Éditions Gallimard.

Alard sème au long de ses pages, écrites avec rythme et talent, des poignées d'indices que les esprits curieux ont aussitôt décryptés.

Le décor est posé quand Olivier appelle son épouse, Juliette : « Voilà. J'ai une histoire avec une fille, c'est une élue socialiste, ça dure depuis trois semaines, et maintenant elle veut que je te quitte, et là, nous parlions au téléphone, je lui ai dit que j'allais au cinéma avec toi, elle a commencé une crise d'épilepsie, je ne sais pas quoi faire. »

Pour ceux qui connaissent Aurélie Filippetti, aucun doute, c'est bien elle qui est campée sous les traits d'une amoureuse déterminée. Face aux hésitations de son amant, Victoire va pratiquer « l'encerclement suivi d'un harcèlement minutieux et systématique »… L'épouse trompée va vivre un véritable enfer, une année durant.

L'histoire, la même histoire, est relatée par les deux femmes, dans leur livre respectif : *Un homme dans la poche*, pour Aurélie Filippetti ; *Moment d'un couple*, pour Nelly Alard. Le récit y est à la fois opposé, dans l'interprétation, et très proche dans les faits. Deux « versions », en somme, du même drame, remplies de troublants points communs. Et d'abord celui-ci : la ministre de la Culture se révèle être une femme fatale.

Sa passion lui fait parcourir plus de trois cents kilomètres pour rejoindre son amant dans sa maison de famille. « Ce fut maladroit, avoue-t-elle sous la plume d'Aurélie Filippetti. À ta voix au téléphone, lorsque je t'annonçai que j'arpentais le parvis d'une église voisine, j'ai bien senti que j'avais outrepassé une limite, dépassé les bornes, franchi une ligne jaune dont le tracé suivait précisément celui de l'enceinte grillagée de la propriété familiale. »

Chez Nelly Alard, c'est Olivier qui explique à sa femme la situation : « Le soir de mon arrivée, elle m'a appelé elle m'a dit je suis sur l'autoroute j'ai crié non [...] Elle est arrivée plus tard, tu m'as rappelé comme je te l'avais demandé, [...] je ne voulais pas écourter notre conversation, j'avais peur qu'elle entre à tout instant dans la maison, que tu saches qu'elle était là. »

Dans les deux livres, amant et maîtresse feront l'amour – lui prenant soin de ne pas dormir avec elle. De même, les deux ouvrages comportent une scène d'explications entre ce trio malheureux. Dans le récit de l'élue socialiste : « Je ne sais pas qui a pris la direction de la cuisine, si elle te précédait ou bien si tu estimais d'office plus prudent, plus discret, moins solennel de deviser au milieu de tes casseroles. Il semblait évident que le salon n'était pas pour nous... » Nelly Alard lui répondra par roman interposé.

Après avoir installé les enfants devant la télé, c'est elle qui prendra la décision : « Nous on ira parler dans la cuisine. Il lance à Victoire un regard interrogateur elle acquiesce. »

Autant de détails que les initiés rapprocheront de ce qu'ils savent de la vie de la ministre. Dans *Moment d'un couple*, Victoire est décrite comme une jeune élue socialiste de la région parisienne à la chevelure rousse et flamboyante, une normalienne, grande admiratrice de Simone de Beauvoir et à qui il arrive de perdre connaissance lors de cérémonies officielles.

Le portrait est si saisissant que l'éditeur, Gallimard, subira de fortes pressions – et un flot de textos – pour ne pas publier le texte de Nelly Alard. En vain. Seuls de menus changements seront apportés. De brune, Victoire, la normalienne, est passée rousse. Son fief électoral, en province, a été déplacé non loin de Paris. Sa petite fille est devenue un garçon. Pour le reste, les descriptions sont transparentes. Un collègue, journaliste au quotidien du mari pris entre deux feux, reconnaît n'avoir jamais abordé la question avec son confrère : « C'était une grande souffrance pour lui, il est en ressorti meurtri. Le non-dit a toujours prévalu. Une seule fois, à la sortie du roman de son épouse, Nelly Alard, quelqu'un de la rédaction a plaisanté : “Eh bien, deux livres à ta gloire !” » L'histoire est si romanesque qu'un projet est en cours pour l'adapter au cinéma. Mais c'est compter, encore une fois, sans l'influence de l'entourage de la ministre. Deux producteurs ont ainsi déjà jeté l'éponge.

Sinon la gloire, pour l'auteur, Nelly Alard, ce fut le temps des distinctions. Des critiques unanimes pour saluer ce roman saisissant et passionnant. Et aussi un prix prestigieux, celui du jury Interallié. Ce qui fut l'occasion d'une scène de vaudeville, comme seule la France sait en produire. Il revenait à la ministre de la Culture, Aurélie Filippetti, de féliciter la lauréate du prix, son ancienne rivale. Ce qu'elle fit en adressant le message suivant : « Il y avait plus de vingt ans que le prix Interallié n'était pas allé à une femme. Je me réjouis de voir ainsi couronné le roman de Nelly Alard. Dans *Moment d'un couple*, publié chez Gallimard, la romancière nous offre une version tout à la fois drôle, subtile et émouvante de ce thème de l'amour et du couple qui est l'un des plus visités en littérature. »

*

* *

Derrière le compliment, la dague. Car les histoires d'amour sont le plus souvent destructrices entre gens de pouvoir. Et celles d'Aurélie Filippetti n'échappent pas à la règle. Illustration avec les relations que la ministre de la Culture semblait entretenir, il y a deux ans, avec son collègue du Budget, Jérôme Cahuzac. En 2012, dans les rédactions parisiennes et les cabinets, on riait jaune de la guerre que se livraient ces deux-là. L'une reprochait à l'autre d'avoir une « haine idéologique de l'art et de la culture et de vouloir la punir ».

En témoignaient, selon la jeune ministre, les économies que Bercy exigeait d'elle. La tension était à son comble lorsqu'elle refusa la proposition du Budget, en août 2012, de rétablir la publicité après 20 heures sur France Télévisions.

Un mois plus tôt, Aurélie Filippetti et Jérôme Cahuzac s'étaient affrontés publiquement au sujet de la redevance télé. Aurélie Filippetti avait annoncé que le gouvernement comptait examiner une possible extension de la redevance audiovisuelle aux écrans d'ordinateur. Quelques jours plus tard, Jérôme Cahuzac avait asséné sèchement sur RTL : « Absolument pas… » « Le gouvernement, en tout cas le ministre du Budget, n'était pas informé. »

Désormais, le conflit prend des proportions démesurées, jusqu'à gêner le gouvernement

Ayrault. La presse titre : « Pourquoi tant de haine ? »

Un tel affrontement pouvait-il n'être que politique ? L'ex-députée de Moselle s'est chargée elle-même de le justifier ainsi : elle aurait refusé les avances de Jérôme Cahuzac. L'ancienne directrice de communication Jacqueline Chabridon, longtemps proche des milieux rocardiens, se souvient d'un cocktail à l'Élysée, en 2012, au cours duquel François Hollande a demandé à sa ministre : « Mais qu'est-ce qui se passe entre vous deux ? Il faut que cette histoire cesse. » Réponse de la locataire de la rue de Valois : « Je n'ai jamais eu de liaison avec lui, c'est son entourage qui colporte ces ragots. » Plus tard, alors que Jérôme Cahuzac avait démissionné, elle réaffirma au *Monde*[1] : « Je le dis ouvertement parce que des journalistes sont allés jusqu'à me poser la question. C'est mensonger, infamant. Je l'ai envoyé sur les roses, et il a voulu se venger – sur mon budget. »

La version que nous ont confiée les anciens fidèles de l'ex-ministre du Budget est que celui-ci avait été proche d'Aurélie Filippetti en 2011. À l'époque, il était président de la commission

1. *Le Monde*, 5 juillet 2013.

des finances à l'Assemblée nationale et elle, députée. L'histoire se serait terminée au bout de quelques mois. Jérôme Cahuzac est marié et a des enfants. Un soir, alors qu'il venait accompagné de son épouse à une soirée où se trouvaient de nombreux responsables du PS, la jeune députée lui aurait assené : « C'est pour m'embêter que tu viens en couple. » Charlotte Chaffanjon, journaliste au *Point* et auteur d'une remarquable biographie de Jérôme Cahuzac[1], relate la fin supposée de cette histoire dans son ouvrage : « Il – Jérôme Cahuzac – m'a raconté que ça s'était fini entre eux parce qu'elle était folle, lâche une ministre. Il m'a dit qu'elle était allée voir sa femme Patricia pour régler ses comptes. »

*

* *

Aujourd'hui, celle qui partait en vacances avec ses parents en URSS vit avec… l'ancien secrétaire d'État chargé de l'Aménagement du territoire de Jacques Chirac et cousin de Dominique de Villepin : Frédéric de Saint-Sernin. Père de cinq enfants et séparé de son épouse, catholique pratiquant, il est le président du

1. *Jérôme Cahuzac, les yeux dans les yeux*, Éditions Plon, 2013.

Stade rennais. « C'est un monsieur très affable, décrit le journaliste sportif Pierre Ménès. Très "de Saint-Sernin". » Élégant et discret. Dans cet univers viril et gueulard, il déteste le conflit C'est vrai que dans le milieu du foot, on s'étonne de « ce mariage de la carpe et du lapin ».

Espérons que son compagnon ne décidera pas dans quelques années d'écrire un roman sur leur histoire d'amour. Un mal que l'on ne souhaite pas à Aurélie Filippetti.

6

Des anciennes égéries aux nouvelles amazones

Le regard perdu, le sourire figé, le buste penché en avant comme dans l'attente d'une improbable bonne nouvelle, Valérie Trierweiler semblait flotter dans une effrayante solitude à l'arrière de la Jaguar venue la chercher le 27 janvier 2014 à l'aéroport de Bombay. Le voyage humanitaire au profit d'Action contre la faim s'est transformé pour l'ex-première dame en un véritable chemin de croix. La photo prise à l'aéroport, terrible, a suivi de quelques heures le message de répudiation envoyé par François Hollande à l'AFP. Une façon de rompre, entre un chef d'État et sa compagne, qui n'a nul équivalent dans l'histoire de notre République. S'explique-t-elle par le caractère de l'ancien patron du PS qui, à force de ne pas décider, est conduit à trancher trop tard, donc durement et maladroitement ? Ou par la goujaterie supposée de l'hôte de l'Élysée ? Pas seulement.

Elle marque surtout un changement d'époque brutal : une nouvelle génération de femmes libres s'approche au plus près des puissants. Mais, contrairement à leurs aînées, elles ne veulent pas rester à leur place, effacées. Elles exigent de prendre la lumière et de tenir un rôle. D'exister par elles-mêmes. D'avoir un nom, et pas uniquement un visage sur la photo. Mais le jeu est dangereux et la sanction, en cas de disgrâce, violente. C'est ce que le psychanalyste Jean-Pierre Friedman[1] décrit comme « le passage en force de Valérie Trierweiler ou d'Audrey Pulvar du statut d'égérie, c'est-à-dire de femme de l'ombre, à celle d'amazone assumée ». « Pour les hommes politiques, poursuit Friedman, le rôle de la mère est fondamental. Aimante et valorisante, elle est en réalité le seul amour de leur fils et vice versa. Voilà pourquoi ils cherchent une compagne soit semblable à leur mère, soit totalement différente si celle-ci s'est montrée trop étouffante. Les pères, comme les mentors, sont quant à eux des rivaux, des concurrents. Hollande s'est choisi avec Valérie Trierweiler une femme de type "aimante et valorisante", une égérie. Influente mais discrète. Mais son ambition a

1. Entretien avec l'auteur.

grandi et elle a aspiré à devenir une amazone. D'où son tweet de soutien à Olivier Falorni.

» Le féminisme, c'est un bouleversement de la société : Simone de Beauvoir était virile. Ses héritières aussi veulent ôter à l'homme le monopole économique d'où il tire sa force première. Ces femmes se sentent frustrées, en concurrence avec leurs compagnons. Regardez Ségolène Royal. Ce qu'elle vit est émotionnel, narcissique. L'ironie est que, pendant ce temps, au Royaume-Uni, le prince Philip, époux de la reine, joue sans se lasser l'égérie… »

Le soir de l'élection présidentielle, le 6 mai 2012, place de la Bastille, en pressant François Hollande de l'embrasser sur la bouche, Valérie Trierweiler entrait avec lui, de force, dans le cercle du pouvoir.

Sa prise « à la hussarde », si l'on ose dire, suivie de ses nombreux psychodrames qui feront trembler l'Élysée, puis son licenciement impitoyable stupéfient l'ancienne génération d'égéries, ces journalistes qui furent très, très proches des vedettes politiques des années 1970 à 1990. Les temps ont décidément bien changé. Michèle Cotta, Catherine Nay, Jacqueline Chabridon, Catherine Pégard et d'autres encore, moins connues, ont elles aussi fréquenté les ors de la

République comme observatrices, voire un peu plus que cela. L'une d'elles nous confirme : « Nous aimions le frisson du pouvoir mais ne mélangions pas notre rôle avec celui de nos hommes politiques. De surcroît, nous avions une certaine forme de légèreté et ne voulions pas nous faire épouser. » Cyniques, et bien loin de la fidélité qu'une Valérie Trierweiler attendait de son compagnon, elles se partageaient les faveurs des mêmes élus, allant parfois jusqu'à échanger confidences et anecdotes. La séduction inhérente aux cercles du pouvoir, elles l'ont connue, elles en ont joué, en ont goûté la saveur parfois enivrante, parfois un peu amère. Mais toujours elles ont essayé de garder des distances, de ne pas mélanger attraction, séduction, et engagement. « Un Premier ministre, raconte une ancienne star de l'audiovisuel, quittait toujours ses maîtresses journalistes en s'excusant : "Je dois rentrer, ma femme m'a préparé un gratin de courgettes." Nous avons alors envisagé d'écrire un livre intitulé : *Le Gratin de courgettes*… » Faute de grives, on plaisante avec les loups…

*

* *

Il faut dire que c'était la première génération de femmes « libérées », et l'adjectif n'est pas trop fort car elles revenaient de loin, comme nous le confirme la romancière, journaliste et figure de proue du féminisme Benoîte Groult[1]. À quatre-vingt-dix ans passés, elle n'a rien perdu de son ironie mordante. L'auteur de best-sellers tels que *La Touche étoile*[2] ou le célèbre *Journal à quatre mains*[3] et surtout *Ainsi soit-elle*[4] a connu l'entre-deux-guerres, l'Occupation, la Libération, un nombre impressionnant de présidents du Conseil, quatre présidents de la Ve République. Elle nous reçoit dans son petit appartement situé près de l'Assemblée nationale. Vêtue d'un gilet beige et d'un joli chemisier blanc rehaussés par son sourire désarmant, elle nous conte sa première rencontre avec le président François Mitterrand : « C'était un dîner à l'Élysée. Nous discutions tous deux de littérature et de peinture quand soudainement, il coupe court et me dit : "Excusez-moi, je vais parler politique avec mon voisin", et se tourne vers mon époux, Paul Guimard. Comme si moi, femme, bien que journaliste, je ne pouvais rien y comprendre ! »

L'incroyable destin de Benoîte Groult, qui fut

1. Entretien avec l'auteur.
2. Éditions Grasset, 2006.
3. Benoîte Groult et Flora Groult, Éditions Denoël, 2002.
4. Éditions Grasset, 2000.

l'épouse du journaliste Georges de Caunes et du romancier Paul Guimard, l'auteur des *Choses de la vie*[1], mérite un détour. Ses confidences sont stupéfiantes et nous éclairent sur la vie publique de notre pays au cours des décennies passées. Plus qu'aucune autre, elle est un témoin formidable de cette France en pleine mutation, et de ces Françaises qui découvrent qu'elles pouvaient aussi écrire leur histoire à la première personne.

« Quand j'étais enfant, j'avais peur que ma mère vienne me chercher à la sortie de l'école. C'était un institut chic du VIIe arrondissement de Paris. Les mères de mes camarades étaient pour la plupart des aristocrates qui ne travaillaient pas. La mienne, si. Elle avait un *look* incroyable avec son manteau de singe et ses talons qui claquaient. Ma mère était exceptionnelle mais à l'époque elle me paraissait indécente. C'est elle qui m'a fait comprendre le besoin d'avoir un métier. Je suis devenue journaliste. Mais quand j'ai épousé en deuxièmes noces Georges de Caunes, il m'a dit que mon rôle était de m'occuper de lui, de ses manuscrits et qu'il fallait que j'arrête d'écrire. À l'époque, on épousait des inconnus. On ne vivait pas avec eux avant le mariage. Le lendemain de nos noces, je me suis rendu compte que nous n'avions rien en

1. Éditions Denoël, 1994.

commun. Il ne voulait pas que son épouse soit plus connue que lui. C'est fou. Chez moi, ma mère gagnait plus d'argent que mon père. C'est moi qui ai fait vivre mon premier mari. En 1944, il était dans un sanatorium et je travaillais à la radio. Je lui faisais envoyer un œuf à la coque enrobé dans un papier de soie, toutes les semaines. Je payais le loyer de notre appartement. J'ai toujours appris que l'argent était le prix de mon indépendance.

» Quand j'ai épousé Paul Guimard, mon quatrième mari, on se connaissait puisqu'il avait été le témoin de mon mariage avec Georges de Caunes. Le jour de notre passage devant monsieur le maire, il m'a dit : "Je suis un séducteur, j'aime les femmes. Je ne peux pas entrer au couvent, c'est valable pour toi aussi. Je vais céder aux tentations et toi aussi, qu'en penses-tu ? Tu sais, Benoîte, tu seras mon amour nécessaire." J'ai dit d'accord. Cela me semblait si sincère. Mais je ne savais rien. Au bout d'un an de mariage, Paul m'a dit : "J'ai été fidèle toute cette année-là, c'est la première fois de ma vie." Il m'a redit la même chose la deuxième année. À l'époque, je voulais aimer un homme libre. J'avais horreur du devoir conjugal. J'étais conquise par l'idée du *plaisir* conjugal. C'était un excellent père pour mes deux filles. Moi, je n'avais pas envie de le tromper, je n'avais pas son expérience de la liberté. Et c'est arrivé. Il a eu une liaison avec une de mes amies, pendant des années. Je l'ai compris par des détails. Un jour, elle avait oublié des boucles d'oreilles sur ma table de nuit. Il était absent. J'ai serré les dents. Je le savais, il m'avait prévenue. Et au bout de six ans, un jour que je rentrais de notre maison de campagne en voiture, j'ai mis en route les essuie-glaces. Ma fille Blandine m'a fait remarquer qu'il ne pleuvait pas. J'ai répondu que j'avais un chagrin d'amour. Je pleurais tellement que je pensais qu'il y avait de la pluie sur le pare-brise. En rentrant, j'ai dit à Paul que je ne pouvais pas le partager comme ça, qu'il fallait qu'il fasse un choix : "Je ne suis pas une pleureuse, je sais que je te partage mais je ne peux pas continuer comme ça." Il a dit qu'il allait peser le pour et le contre. Il avait horreur de choisir. Il m'a finalement demandé un mois de réflexion et il a mis un terme à cette relation avec cette femme. C'est elle qui a été punie. De mon côté, j'ai eu une grande histoire d'amour avec un pilote américain, Kurt, que j'avais rencontré pendant la guerre. On s'est revus des années après lors d'un reportage à New York. Puis il est revenu en France, on s'est vus au Crillon, j'avais l'impression d'avoir dix-huit ans. Je n'avais rien à lui dire, mais il était tellement gentil… Notre histoire a duré des années et des années. Il connaissait mes filles. J'ai pu mener une double vie comme ça et on s'est aimés jusqu'à la fin. »

C'est dans cette vie hautement romanesque, racontée avec une franchise désarmante par Benoîte Groult, qu'a surgi François Mitterrand. « Mon mari Paul Guimard le connaissait bien. On allait le voir souvent à l'Élysée. Danielle Mitterrand n'était pas très intelligente. Elle adorait la revue *Nous Deux* et semblait amoureuse de son prof de gym. Un jour, le président m'a téléphoné et m'a demandé de venir le chercher en province. Quand je suis arrivée à l'hôtel, il m'a dit : "On passe par ma chambre." Mais il n'était pas un amoureux de l'amour. Plutôt un amoureux de la jeunesse éternelle. On s'est revus quelques fois intimement mais sans grand intérêt l'un pour l'autre. »

... Et bien sûr, à l'époque, ce n'est pas paru dans la presse !

« Une occasion manquée se retrouve, tandis qu'on ne revient jamais d'une démarche précipitée. »

Pierre Choderlos de Laclos

Aujourd'hui, les choses ont changé. Du moins en France. Car la proximité de certaines femmes journalistes avec les élus est une exception française. Un cas absolument unique parmi les pays développés. Au point que l'affaire Hollande-Gayet fait se gausser le monde entier. Pas un journal qui n'ait relayé le dernier « psychodrame à la française », ultime chapitre de ce qui apparaît comme un vaudeville typiquement hexagonal, à la fois exotique et un brin pathétique.

« Pour les Anglo-Saxons, confirme Jean-Marie Charon[1], spécialiste des médias et professeur à l'École des hautes études en sciences sociales (EHESS), c'est clair : les journalistes n'ont pas de relations intimes avec les personnes qu'elles sont amenées à interviewer. On l'apprend dès l'école de journalisme. Dans notre pays cependant, l'imbrication des deux univers existe depuis longtemps. » De fait, Jean Jaurès, Léon Blum, Aristide Briand ou encore Georges Clemenceau ont été journalistes avant de percer en politique. Quant à élever une muraille de Chine entre les rubriques qu'un reporter suit dans son travail et sa vie personnelle, cela ne tombe pas, chez nous, sous le sens. Jacques Fauvet lui-même, directeur du *Monde* de 1969 à 1982, ne trouvait rien à redire au fait que ses troupes soient encartées dans un parti. Au contraire, selon lui, ne pas l'être pouvait empêcher d'être

1. Entretien avec l'auteur.

bien informé. Quant à aller plus loin, après tout, quel meilleur moyen de partir à la pêche aux informations que de les recueillir sur l'oreiller ?

Dans les années 1960, Françoise Giroud, la patronne de *L'Express*, avait même théorisé la logique du « être toujours plus près de ses sources ». Elle recruta un bataillon de jeunes et séduisantes journalistes qu'elle lança à l'assaut des ministres et des élus dans l'espoir de les voir revenir avec une brassée de scoops. Dans la société d'alors, encore très misogyne, la grande majorité des femmes quittaient le foyer protecteur de leur père pour rejoindre l'aile tout aussi gentiment dominatrice d'un mari, dont elles attendaient qu'il subvienne à leurs besoins et à celui de la famille qu'elles ne tarderaient guère à lui donner. Autant dire que cette nouvelle espèce de femmes, affranchies, sûres de leur beauté, de leur pouvoir de séduction, et tout à fait réjouies à l'idée de s'en servir, marqua une rupture, voire provoqua un choc. Ni petites choses fragiles ni intellectuelles collet monté, ces Dianes chasseresses bien éduquées partant à la conquête des hommes de pouvoir faisaient figure d'héroïnes de film.

Pensez donc : les femmes, en 1965, ne représentaient que 15 % de l'effectif des rédactions

– contre près de 50 % aujourd'hui. Quant au Parlement, il était encore plus masculin. Roselyne Bachelot[1], ancienne ministre de la Santé de Nicolas Sarkozy, devenue chroniqueuse sur la chaîne D8 dans l'émission coprésentée par Laurence Ferrari et Audrey Pulvar, « Le Grand 8 », est fille d'un député gaulliste qui fut un temps journaliste. Et elle se rappelle que sa mère lui parlait du Palais-Bourbon comme du « Palais Bordel ». Elle décrit avec humour ces « députés ventripotents qui arrivent à séduire de jeunes assistantes parlementaires fascinées par la fonction. Le pouvoir érotise énormément les hommes ».

Françoise Giroud, fine mouche et visionnaire à sa manière, a utilisé ses fringantes reporters pour infiltrer les partis, il y a quarante ans. Hasard ou coïncidence, instinct du métier ou stratégie volontaire, les filles les plus jolies étaient affectées au service politique. Pourquoi ? Pour faire parler ces messieurs. Cité dans *Françoise Giroud, une ambition française*, de Christine Ockrent[2], Ivan Levaï se souvient de cette période si pétillante et de ce journal dans lequel Françoise s'était entourée de charmantes jeunes femmes. « Un incroyable gynécée ! Toutes ravis-

1. Entretien avec l'auteur.
2. Éditions Fayard, 2003.

santes… On ne savait plus où donner de la tête : Irène Allier, la fille de l'éditorialiste de *Franc-Tireur*, Danièle Granet, Michèle Cotta et Catherine Nay, qui se tiraient la bourre, Liliane Sichler, Michèle Manceaux, Claudie de Surmont, Alice Morgaine et tout le bataillon de filles de "Madame Express"… On vivait tous ensemble, on draguait comme des fous, l'ambiance était très "sexe", très en avance pour l'époque. »

« J'étais au service littéraire depuis trois ans », raconte dans ce même ouvrage Michèle Cotta, qui a baigné dans la politique depuis son plus jeune âge, puisque son père a été élu maire de Nice à la Libération, et reste le seul édile de gauche que la ville ait jamais connu. « Je m'y trouvais bien, poursuit la journaliste. Arrive Catherine Nay. Jean-Jacques a aussitôt l'idée d'un trio : la grande brune pour la droite, Irène Allier pour le centre, et moi, la petite brune, pour la gauche. Cela m'allait très bien ! » Celle qui a appris à l'âge de treize ans que son père avait une double famille, avec, ailleurs, une autre compagne et deux autres enfants, connaît parfaitement la réalité de la vie des hommes de pouvoir. Elle sait mieux que quiconque les vies sentimentales des élus. Après Sciences-Po, et après avoir hésité à devenir comédienne, jeune fille, elle entre en stage à *France-Observateur*, l'ancêtre du *Nouvel Obs*. La voilà journaliste. Un jour, dans la rue, elle aperçoit Françoise Giroud. « Elle avait une Mercedes décapotable, je me suis dit : "Il faut que je travaille avec elle." » Ce qui attirait ces jeunes femmes des années 1960, c'était à la fois l'interdit et le sentiment de vivre plus fort, plus vite, plus librement que les autres. En plein Paris, aux portes de l'Élysée ou du Palais-Bourbon, elles jouaient les aventurières. Leur jungle, c'était les allées du pouvoir. Leurs frontières, celles qu'elles se fixaient. Elles étaient les héroïnes de leur propre vie. Et dans la France de De Gaulle, cela voulait dire beaucoup. « On n'a pas idée aujourd'hui de ce qu'en ce temps-là représentait *L'Express*, se rappelle Michèle Cotta[1]. Les journaux vous apportaient la compréhension du monde, et d'abord celui-là, qui jouissait d'un prestige extraordinaire. C'était avant la télévision. Quand je rentrais chez moi, à Nice, les gens, ceux qui lisaient, me récitaient pratiquement nos papiers ! »

« Mettre dans les pattes d'une personnalité une journaliste agréable à regarder, sympathique

1. *Op. cit.*

et intelligente, était une arme redoutable », explique Gérard Carreyrou[1]. « La meilleure façon d'obtenir des informations est de créer un climat de proximité et de confiance, la sensualité enrobant le tout. Alors parfois, entre femmes journalistes et hommes politiques, il arrivait ce qui devait arriver : des liaisons se nouaient. Mais discrètement. »

Parmi ces jeunes téméraires, Catherine Nay se distingua un jour en débarquant à l'Assemblée nationale vêtue d'une minijupe bleu marine, de cuissardes blanches et d'un long manteau ouvert, sous les yeux horrifiés des huissiers. Pour bien entrer dans le métier, elle avait jugé bon de revêtir un uniforme provocateur… La jeune reporter de *L'Express*, qui avait commencé peu de temps auparavant sa carrière, en 1967, à l'âge de vingt-quatre ans, est alors chargée de couvrir la droite. Le sujet lui a été attribué de manière… empirique. Elle racontera plus tard à une consœur : « JJSS disait : “Il faut des femmes.” » Visiblement, le fondateur de l'hebdomadaire la trouve très imposante physiquement. Après quelques heures de réflexion, la décision tombe : Pour elle, ça sera la droite.

C'est ainsi que la vie de Catherine trouva son cours. Et ce qui devait arriver arriva : le baron

1. Entretien avec l'auteur.

gaulliste Albin Chalandon, son aîné de vingt-quatre ans, eut le coup de foudre pour cette belle amazone. Ils ne se marièrent pas, il était déjà marié. Mais entre celui qui fut deux fois ministre et la journaliste, l'histoire durera des années. Elle poursuivit sa carrière de commentatrice politique, tout en côtoyant personnellement nombre de leaders de droite, sans jamais se demander si tout cela était compatible. « Je ne me suis jamais prise pour sa conseillère. Je ne me mêlais pas de ce qu'il devait faire ou dire », confiera-t-elle des décennies plus tard, en parlant de Chalandon dans une interview au quotidien *Le Monde*[1].

Pour Gérard Carreyrou, la féminisation des métiers de la communication a banalisé ces histoires. Au point de voir très officiellement ensemble Bernard Kouchner et Christine Ockrent, lui ministre des Affaires étrangères, elle patronne d'un groupe audiovisuel dépendant de ce même ministère. « Cette confusion a symbolisé la dérive totale du système. Dans aucun autre pays européen on n'a vu cela », tonne l'ancien directeur de la rédaction de TF1.

*

* *

1. Le 3 décembre 2011.

Françoise Giroud, cependant, n'a pas tout inventé... Catherine de Médicis, au XVIe siècle, entretenait déjà un aréopage de belles femmes chargées de séduire et d'espionner les grands personnages de la cour. Mais il leur était interdit de tomber amoureuses... Malheureusement, les sentiments ne se commandent pas. Et les professionnelles les plus brillantes et les plus aguerries peuvent y succomber malgré tout. Et même, ironie du sort, lorsque la flèche vient du camp d'en face.

C'est ce qui est arrivé à Jacqueline Chabridon, grande dame du journalisme et de la communication, dont le cœur ancré à gauche fut conquis dans les années 1970 par le hussard de la droite, Jacques Chirac. Passée par RTL, *Le Figaro*, le cabinet Rocard, la RATP et Air France à la grande époque de Christian Blanc dont elle fut une conseillère très écoutée, elle a été mariée à Charles Hernu, de 1963 à 1969, avant qu'il devienne ministre de la Défense de François Mitterrand. Aujourd'hui âgée de soixante-dix ans, elle porte encore sur le monde politique un regard lucide et d'une grande honnêteté intellectuelle. Elle nous confirme lors d'une longue entrevue que Mitterrand et son entourage étaient liés par le goût des femmes. Mais mieux valait que chacun connaisse les frontières et ne les outrepasse point.

« La fonction première de l'homme politique est de séduire, rappelle Jacqueline Chabridon[1], et les journalistes sont devenues leurs premières cibles. » Alors qu'elle était en poste à RTL, son rédacteur en chef lui martelait : « Europe 1 décroche des interviews de François Mitterrand et de Pierre Mendès France, fais quelque chose ! » Passée ensuite au *Figaro* dont elle fut l'une des grandes signatures, elle vit son existence basculer le jour où Jacques Chirac, alors Premier ministre de Valéry Giscard d'Estaing, tomba éperdument amoureux d'elle, en 1974. Elle si sincèrement de gauche, en compagnie du fondateur du Rassemblement pour la République, l'ancêtre de l'UMP ! Plusieurs années de passion cachée s'ensuivirent. Un proche se souvient de scènes dignes d'un film d'Hollywood. Un week-end au bord de l'eau où, pour rester incognito, le leader du parti gaulliste s'était acheté un jean et avait mis une perruque. Un soir de grand froid à Paris, où il fit ouvrir la boutique Pierre Cardin, dans le VIIIe arrondissement, pour offrir un pull à la jeune femme. Et puis, brutalement, comme un certain François Hollande bien des années plus tard, Jacques Chirac mettra fin à leurs relations sous la pression de son entourage soucieux de préserver son

1. Entretien avec l'auteur.

avenir politique. « Ce fut d'une violence inouïe, témoigne un ami de la journaliste. Un simple rendez-vous, nulle excuse, aucun épanchement. Pour seule explication, elle s'entendra dire : "C'est un politique. Il ne supporte pas l'idée d'une rupture. Il aimerait que tu comprennes la situation sans avoir besoin d'en parler." » Une répudiation tactique, un renoncement romantique, comment savoir ce qu'avait alors en tête Jacques Chirac ? Des années plus tard, l'ancien chef de l'État dira au journaliste Pierre Péan[1] : « Il est tout à fait clair que je n'ai jamais imaginé quitter ma femme. » Bref, s'il a réellement aimé la journaliste, en revanche il n'a pas eu l'intention de mettre un terme à son mariage.

Bernadette Chirac de son côté était au courant de cette histoire d'amour. Elle confiera à l'écrivain : « Il a été très beau… Les femmes ont beaucoup couru après lui. » Et de conclure, bravache : « Je suis son point fixe. »

Mais à l'époque – énorme différence avec le départ de Valérie Trierweiler –, l'histoire est restée ignorée du grand public, n'a jamais débordé des petits cercles parisiens et n'a pas fait la une de tous les magazines. Il n'empêche, elle illustre la dureté dont peut faire preuve le fauve politique. Prends garde à toi si je t'aime… « Il faut

1. *L'Inconnu de l'Élysée*, Éditions Fayard, 2007.

être Anne Pingeot, la fidèle maîtresse de François Mitterrand, la mère de Mazarine, pour se choisir une vie de souffrance, une vie cachée, sans parler, sans jamais apparaître », concède Michèle Cotta[1].

Cette violence, l'ancienne directrice de France 2, de 1999 à 2002, aujourd'hui chroniqueuse sur Europe 1, la connaît tellement bien ! Elle a approché de si près les élus pendant quarante ans... Ce jour-là, à la Closerie des lilas, boulevard Montparnasse, habillée avec son élégance habituelle, son volumineux manteau de fourrure négligemment posé sur la chaise voisine, elle sourit, lucide : « Tomber amoureuse des hommes que l'on côtoie est normal. Les gens connus s'attirent. » Mais les femmes journalistes qui séduisent un homme politique pensent parfois pouvoir le changer. Elles espèrent, comme on le ferait pour un alcoolique, le guérir de son addiction pour la séduction. En vain, bien sûr. C'est là une guerre perdue d'avance. Les amazones d'hier, qui se réunissaient entre consœurs pour s'abandonner à quelques plaisanteries sur leurs conquêtes amoureuses parfois communes, ne l'ignoraient pas. Les compagnes d'aujourd'hui,

1. Entretien avec l'auteur.

qui ont leur nom dans *Gala* et rêvent secrètement de déclarations à la Barak et Michelle Obama, ont appris à leurs dépens qu'on ne saurait, dans le monde politique, nourrir des illusions de midinette.

Le politique, qu'il soit de gauche ou de droite, est fondamentalement conservateur et autocentré. Pis : il est programmé pour séduire. La journaliste, même si elle vit dans l'intimité d'un grand homme, représente par essence le contre-pouvoir. Le premier souhaite que l'on s'occupe de lui, exige un dévouement total. La seconde se refuse à devenir une groupie et à abandonner son libre arbitre. Au fond, même lorsque l'élu adore la fréquentation des médias, ce qui est le cas de François Hollande, il se méfie profondément des journalistes. L'une pose des questions, l'autre esquive les réponses. En somme, le malentendu est total et la méfiance réciproque, peu à peu inévitable. Il y a forcément un perdant dans ces histoires-là, et il s'avère qu'il est du côté de celle qui est condamnée à observer, en silence, et donc à se renier. Le conflit d'intérêts est assuré. Et à moins de se mettre professionnellement entre parenthèses – ce qu'a tenté Valérie Trierweiler en se raccrochant à une unique chronique littéraire dans *Paris Match* – le rapport de forces est permanent.

*
* *

Cela dit, n'y aurait-il point de salut pour une journaliste politique hors ces déploiements de charme ? Naturellement si ! Il serait bien trop réducteur de laisser entendre que ces liaisons dangereuses sont l'unique manière de travailler, ou même que tous les hommes politiques succombent aux attraits de celles qui les interviewent. D'autant que le public n'est pas dupe, et voit d'un mauvais œil des rapprochements par trop évidents. Un sondage réalisé en ligne, du 26 au 29 mai 2012, auprès de 1649 personnes de dix-huit ans et plus représentatives de la population française (méthode des quotas) par Harris Interactive pour le site 2012etvous.fr, le montre assez clairement. Lorsqu'une femme journaliste politique vit en couple avec un homme politique, 54 % des Français interrogés estiment qu'elle doit « cesser d'exercer son métier » dans ce domaine. La réponse est plus tranchée chez les sympathisants de la droite que chez les sympathisants de la gauche (77 % contre 39 %) : ce mélange des genres particulièrement rejeté fait notamment référence à Valérie Trierweiler et à Audrey Pulvar.

Aussi, que l'on ne s'y trompe pas : la majorité des enquêtrices, chroniqueuses, éditorialistes, et parmi les meilleures, se tiennent à bonne distance de tout ce qui pourrait ressembler à de la collusion. Élisabeth Chavelet est très directe à ce sujet[1] : « Les VIP draguent quand ils pensent que quelque chose est possible. Moi, je parle tout de suite de mon mari pour mettre les choses au clair. Pas d'ambiguïté ! » De surcroît, ajoute la dirigeante de *Match*, « les politiques sont mariés à leurs électeurs. Il n'y pas de place pour autre chose ».

En 2011 déjà, à la suite de l'affaire DSK, l'une des plumes vedettes du *Monde*, Raphaëlle Bacqué, poussait un cri de colère dans les colonnes de son quotidien : « L'insupportable soupçon qui pèse sur les femmes journalistes politiques ». Dans cet article, elle plaidait la cause de ses consœurs, sans cesse accusées de « relations de connivence érotique » et véritables boucs émissaires de « la supposée connivence du pouvoir et de la presse ». Elle affirmait haut et fort qu'une femme « peut obtenir une information sans battre des cils ou croiser haut les jambes » et « avoir du talent sans que cela n'ait rien à voir avec sa laideur ou sa beauté ».

Reste que les histoires d'amour, les vraies, arrivent aussi sous les dorures de la République. Mais souvent, il faut que l'un des deux protagonistes

1. Entretien avec l'auteur.

se mette en retrait pour la vivre pleinement. Et n'en déplaise à Nicolas Demorand, qui se demande « pourquoi est-ce aux femmes amoureuses de se sacrifier ? », le sceptre l'emporte quasiment toujours sur la plume.

Les amazones des années 1960, qui toutes se sont fait un nom et ont vécu leur vie amoureuse et professionnelle pleinement sans que leurs aventures deviennent des affaires d'État, doivent regarder leurs jeunes émules avec étonnement, et avoir envie de leur conseiller un peu plus de distance et d'humour quand elles s'autorisent un flirt avec un homme politique.

Conclusion

Décidément, la politique est un véritable cimetière des amours pour les journalistes qui ont tenté l'aventure.

Quelques semaines après sa rupture, Valérie Trierweiler écrivait à nouveau sa chronique littéraire dans *Paris Match*, où les mots « attente », « espoir », « rendez-vous manqué » paraissaient résumer les derniers mois de sa vie avec le chef de l'État.

Audrey Pulvar semble avoir autant de mal à surmonter sa relation avec Arnaud Montebourg.

D'autres, plus discrètes, plus secrètes, ont tourné la page et se sont juré de ne plus approcher de trop près ces fauves. Comme Anne Sinclair, confiant un jour : « J'ai payé au sens propre, comme au figuré. »

Comme insubmersibles malgré ces tempêtes sentimentales, les politiques, eux, afficheraient plutôt un détachement ou une froideur saisissante. Après sa conférence de presse du 14 janvier, et alors que Valérie Trierweiler était hospitalisée, François Hollande glissa à des proches : « Un flic restera toujours un flic. » Une allusion à peine voilée à son ministre de l'Intérieur, Manuel Valls, qui ne l'aurait pas assez protégé des paparazzis. La vérité est que le pouvoir vous enferme dans une solitude contre laquelle personne ne peut vous mettre en garde.

Remerciements

Je voudrais remercier particulièrement toutes les personnes qui m'ont aidée au cours de cette enquête.

Merci également à Michel Lafon, Elsa Lafon et Huguette Maure de m'avoir soutenue et épaulée durant ce projet de longue haleine.

Merci à mes amis et ma famille pour leur soutien sans faille.

Table des matières

Composition PCA
44400 — Rezé

Impression réalisée par
CPI Bussière à Saint Amand-Montrond
pour le compte des Éditions Michel Lafon

Imprimé en France

Dépôt légal : avril 2014
N° d'impression : 2008982
ISBN : 978-2-7499-2317-8
LAF 1506